願わくばこの手に幸福を

ショーン田中
Shawn Tanaka

TOブックス

CONTENTS

ILLUSTRATION／Ochau　DESIGN／Atsushi Ogue＋Tetsuya Aoki

『諦念《ていねん》の日々と奇妙な邂逅《かいこう》』

鉄製の鎧を外し、床に投げ捨てる。剣も腰元から外して、枕元へ。どちらも、鉛のような重さを身体に味わわせてくれた品だ。そうしてから、ようやくベッドへと腰を掛ける。

妙な感覚だった。足が座ることに慣れていないような、働かなくて良いことを不思議がっているような感覚。そう思ってふと、気付いた。

ああそうだ、腰を落ち着けるのは、数日振りだった。

奇妙な脱力感と、じんわりと血液が脚全体に行き渡る感覚。流石に、これ以上酷使してやるのは我が身体ながら不憫《ふびん》だ。夕飯に保存食すら食べていないが、このままベッドで横になった方が良い。きっと神様だってそう言ってくれるはずさ。

そうしてぼぉっとベッドに横たわり、疲労からようやく眠気が瞼《まぶた》に重みを与えた頃。隣の部屋から、声が聞こえた。女の声だ。

しまったな、そう思い、心の中で舌打ちした。これは、毎度の事だった。何時もは夜番や見張りについて距離をあけるか、もしくは今晩のように宿に泊まれる時は早々に寝てしまって凌《しの》いでいたのだが。

ただの女の声なら、別に何とも思わない。だがそれは妙に艶《つや》やかで、明確に色気を含んだ声だった。女の高い声は、壁の隙間を容易に這《は》い出てくる。

腕で目を隠すようにし、薄い上布団で体を覆う。一時はそれで幾分かマシになったが、夜が静寂を呼び込めばより強調された声が耳朶《じだ》を打つ。声は夜闇の中から這い出てくるようだった。

「参ったな……」

小声でそう呟き、明かりはつけずに体を起こした。鎧に手を忍ばせ、殆ど唯一の私物となってしまった噛み煙草を口に差し込む。噛みしめると、僅かに残った風味が気を紛らわせてくれた。

それでも依然、女の声は響いている。男の名前を呼ぶ声が聞こえる。その名前にも、そして響き続ける女の声にも、覚えがあった。

どちらも救世の旅に同行するパーティーのものに、違いなかった。

＊

「今日もルーギスさんが夜の番を？」

救世者と呼ばれる割に、その男の声は少し高く、優しげだった。

「良いさ。俺が番をやっている方が良い。そちらの方が、危急の時に動きやすい」

それは最初は事実であったような気がする。

実際夜目が一番利き、いざとなれば身体を張って時間を稼げる俺が夜の番をするのが、一番効率的でパーティーとしても抜けがない。それは効率的な視点で言えば間違いなく正しい。

なんて、そんな理由が真であったのは、最初の内だけだ。最近の所は、違う理由が付け加えられていた。

自分から夜番を名乗りでるのは、純粋に、居心地が悪かったからだ。女どもの視線というべきか、雰囲気というべきか。とにかく、一人で夜番をしている方がずっとマシだった
救世者と呼ばれる男は一瞬思いつめたように目を伏せるも、女の内の誰かに呼ばれると、頭を下げてそのまま行ってしまった。軽く手を振り、少しパーティの寝床から離れた岩場へと向かう。

あの声はエルフの姫君殿か。ではは今日は彼女の順番という訳だ。鎧の中に潜ませた噛み煙草を一人味わいながら目を細める。此処でなら声も届くまい。

救国の一行と呼ばれる我らがパーティも、旅を追うごとに豪華な面子になってきた。といっても、俺を除いてではあるが。

騎士団の俊英、魔術師殿、エルフの姫君……そして、吟遊詩人アリュエノ。

誰もかれも、国や、地方で一角の人物だ。それだけの面子を預けるという事はこの旅路がそれだけ重要視されているという事に他ならない。勿論、俺は別としてだが。

息を吐く。鼻孔を心地よい香りが通り、久方ぶりに落ち着いた気がした。

救世の旅。実の所そのパーティーメンバーに含まれている俺も、その旅の深い理由まで知りはしない。ただ、俺の頭にも詰め込まれている事と言えば、此れが人間に残された、僅かな延命手段の一つであるという事。

もはや人間の世界はその多くが魔獣に侵され足蹴にされており、人という種族の絶頂期は終わりを迎えようとしている。此の儘《まま》時の流れに身を任せれば、いずれ砂糖菓子が崩れるような儚さで、

人間の文化は終焉《しゅうえん》を迎えるのだろうと、偉い学者は言っていた。俺達が救世の旅を行うのは、人間の世を繋ぐ糸を作る為なのだとも。と言っても、俺が知る限りでは各地を転々として、ただ魔獣を討伐して回る。ただそれだけなのだが。此れが、何に繋がるのだろう。焼けた石に水を投げかけているようなものだと思うのだが。

相変わらず、この旅路に何故俺のような人間が同行させられているのか分からない。特別秀でていた覚えも、彼らと肩を並べるような身分を持っていた覚えもない。剣の腕も特筆する所はなく、特技といえば精々夜目が利くくらいだ。

恐らくは、アリュエノの働きがあったのだろうと思う。それくらいしか思いつかない。なにせ俺を推薦する人間となると、幼馴染の彼女くらいなものだから。それにしたって、何故態々推薦をしたのか、よく分からない。

煙草を噛みすぎて、唾液が溜まってきた。その場に吐き捨て、鎧の中にしまい込む。

最初こそ、嬉しかったものだ。勿論、偉大な旅に同行できるからだとか、自身を認められる機会が出来たからとかではない。そんな名誉欲は、生きる内何処かに埋没していった。

胸が歓喜に震えたのは、アリュエノが、一緒だったからだ。彼女は俺の幼馴染で、何より片思いの相手だった。長く供に有り、長く、想い続けた。その彼女との旅は心躍るものであったのは間違いなく、陽気に故郷を出たのをよく覚えている。

ああ、間違いなくあの時の俺は馬鹿だった。救世の旅などという大層なものに、俺が釣り合うとでも思っていたのだろうか。

旅に、いや救世者に同行する彼女ら。彼女らは間違いなく一流の人物であり、替えの利かない人材だ。そんな彼女らからすると、俺のような人間など酷く詰まらなく、魅力のない人間に見えるのだろう。

俺とて、何もしていないわけではない。雑用も、索敵も、戦闘も。一通りはこなしている。だが彼女らの俺を見つめる瞳は、冷たい。目に見えて態度に出す者もいれば、出さない者もいるが。当てはめるなら冷遇、という言葉がその通りかも知れない。といっても、彼女からすれば俺の実力に見合った評価をしているだけだろうが。

今日も今日とて、酷いものだった。決してそれは思い浮かべたいものでは、ない。だがこうも静かでは、腹と喉に残った痛みが、いやでも朝の記憶を思い返させる。

＊

「おい、貴様。どうして貴様が、此処にいる。それほどに良い身分ではないだろう」

びくりと、背筋を跳ね上げる。背後から掛けられたその女の声が耳を打っただけで、臓腑《ぞうふ》という臓腑が竦《すく》みをあげたようだった。脂汗が額を撫でるのを感じながら、震える喉を無理矢理に動かす。

「いえ、どうって言われましても。そりゃ、ただの休憩――ッ！」

途端、肺が激しい痛覚を訴えて、空気を飲み込むことが出来なくなる。頭は白く、眼球に写される光景は明滅している。何だ、何が起こった。それすら理解できない。ただ腹の上あたりに、何かが突き刺さったような感覚のみが、あった。

「――察しがとことん悪いな、貴様は。ええ？　そんな暇があるのなら、早々に見回りにでも行ってこいと、そう言っているんだ」

その言葉は、紛れもない、騎士団の俊英殿の言葉だった。腹の底からにじみ出てくるような痛みは、彼女が俺の鳩尾《みぞおち》をつま先で蹴り上げた証に違いない。

何もこのような事は今回が初めてというわけでは、なかった。騎士殿は俺が少しでも気に食わぬ返答をするとすぐにこのような形で、実力行使に移る。俺にとっては最悪の、天敵だった。

相変わらず、俺を目の敵にしているらしい。しかし、こちらとて今殆ど夜通しの見張りから帰ってきたばかり。身体は全身が限界を訴えている。口を開くのも億劫《おっくう》になりながら、焦燥する頭の中で何とか言い訳を考え、口を開いた、瞬間。

俺の身体は、その場で浮き上がっていた。

騎士殿の細く長い指が、俺の首に突き立てられている。その上で、自分の身体より大きい俺をつりあげているのだ。しかも、片手で。まるで力の出どころというものが理解できない。相変わらず無茶苦茶だ。彼女の銀髪が、風になびく。

俺はそれだけで、彼女に反抗する意志というものが心の中で明確に崩れていく音を、聞いた。駄目だ。此の女には、敵わない。いや、それ所じゃあ、ない。俺は今此処で、殺されてしまうんじゃあ、ないのか。

怖気が背筋を舐め、顔に蒼白の絵の具を塗りたくっていく。

「貴様、今、何か言おうとしなかったか。弱い弱い貴様が、ええ？　いいぞ、なら言ってみろ。私に立ち向かえるなら、幾らでも言ってみろ」

思わず、喉から吐息が漏れる。彼女の指が強固な留め具のように、俺の首を絞めつけていく。呼吸が、できない。空気が俺の身体から吐き出され、肺が苦しみを訴えてのたうち回っている。反射的に手足をばたつかせるが、吊り上げた腕はびくともしない。それどころか、徐々に徐々に、その締め付ける強さが増していく。

冗談じゃ、ない。こいつ、本気で俺を殺すつもりなんじゃあないのか。そんな直感に思わず瞳を見開き、騎士殿の顔を見る。

そこに浮かんでいるのは、実に楽しそうに、笑みを浮かべる、騎士団の俊英の姿。まるで猫が絶対に逃げられない鼠を弄んでいるかのような、姿だった。

殺される。そんな直感が、頭に浮かんだ直後だった。

「やめておきなさいよ、馬鹿らしい。そいつ、喉が潰れるわよ」

その声と同時、体躯《たいく》が地面に叩きつけられる。解放された途端、唐突に入ってきた空気に驚いたのか、呼吸をする度に喉が痛みを訴える。情けなくも瞳に涙を浮かべながらも、地面に俯《うつむ》いて何とか数度、呼吸を繰り返した。

「何、躾《しつけ》というのは常にしておかねばならん事だ。たとえその過程で喉が潰れても、必要経費だろうに」

騎士殿は、まるで何一つ間違っていないとでもいうような口ぶりで言葉を吐き出す。その凶行を止めに入ってくれたのは、声で、分かる。魔術師殿だ。珍しい。俺なんぞを気に掛けてくれることがあるとは、思わなかった。

呼吸が何とか正常に戻り、途切れ途切れになりながらもなんとか言葉を捻りだす。

「っ……どうも。助かりまし――」

「――喉が潰れたら、斥候《せっこう》をさせる意味がなくなるじゃない。奇声でもあげさせるわけ？」

瞳を、知らず瞬かせる。魔術師殿は、俺の言葉など全く意に介さず、騎士殿とそのまま、言葉を交わし続けた。

ああ、なるほど。何時も通りというわけだ。いつも通り、俺の言葉や存在など、魔術師殿にとっては意識の外。精々意識されるのは、その機能だけということ。もはや、ため息も悲哀の言葉すらも、出て来やしない。自らを嘲笑《ちょうしょう》することすら、俺にはかなわかなった。

よろけながら、無理やりに身体を起こして、その場から離れる。

此処にいれば、いつまた難癖をつけられるか、わかったものではない。今回は魔術師殿がいたが、誰も止めに入るものがいなければ、本当に喉を潰されていたかもしれないのだ。仕方がない、身体は声なき呻き声をあげているが、それでも仕事を果たさないわけには、いかない。

何故なら俺は、このパーティーでは圧倒的に、価値無き者。幾らでも代替できる存在に違いないのだから。

ようやく、パーティーが寝床を設営した場所から離れ、その声が聞こえぬ場所まで、見張りに出れた。あの寝床は俺が全て設営したというのに、そこに俺は寝れぬというのも滑稽《こっけい》な話だ。ようやく、自らを嘲笑する元気くらいは出て来たのか、皮肉げに頬が割れる。

周囲に、魔獣の気配はない。だが、油断をすれば何時この胴体がただの肉塊になるか、分からない。到底こんな見張り場で疲労を取るなどと、無理な話だった。何時命が奪われるか分からぬ緊張で、臓腑からも脂汗が出そうなほどだ。

「大丈夫、ルーギス？　夜も見張りに出ていたでしょう。貴方、殆ど休んでいないじゃない」

そんな折、耳を撫でるような透き通った声が、俺の耳に触れた。それは、先ほどの騎士殿や魔術師殿とは違い、俺を労わってくれるような、優し気な響きを伴っていた。

ふと、背後を振り返る。そこにいたのは、幼馴染であり、唯一このパーティーで気兼ねなく話せる存在、アリュエノに違いなかった。思わず、肺から吐息が漏れる。それは紛れもない、安堵の溜息だった。

「なに、平気さ。折を見て俺も休みを取るんでね、今の内に英気を養ってくださいってな、吟遊詩人殿」

馬鹿な事を言っていると、自分でも分かる。疲労は限界をすでに超えているし、頭は殆ど機能を消失している。だが、それでも、俺にも最後の意地らしきものはあるらしい。唯一、彼女の前でくらい、恰好を付けるのは俺如きにも許されているだろう。

アリュエノは複雑な顔を浮かべながら、それでも、俺の意図を察してくれたのかもしれない。軽く吐息を漏らしながら、言った。

「そう、ならこれ以上は言わないわ。構わないわよ。そのかわり、はい、これ」

俺の手に、アリュエノの手から何かが、握らされた。反射的に視線をやってみると、練り菓子が、数個置かれている。此れは確か、アリュエノが好きな菓子だったはずなのだが。

「せめて食べるものは食べておいて。甘いものは疲労にも良いから。それじゃあ、無理はしちゃだめよ、ルーギス」

＊

そう、救世の旅パーティーの中でも、アリュエノは一人、俺を労わってくれる人間だった。この旅にあっても、彼女が元来から持つ慈愛は変わるものではなかった。それは、嬉しい限りだ。その通りだとも。思い起こせば、涙すら零れそうだ。

「救世者様、ね」

ふと、思考が移り変わり、このパーティーの中心とも言える男の事が、脳裏に思い浮かぶあの男は、明らかな異才だ。よく分かる。戦闘で隣にいるだけでも、その不可思議な強さと対応力には目を見張る。あの若さで、どうやってその力を身に着けたのか想像もつかない。紛れもない、異才。他の追随を許さない圧倒的な力。

そしてその姿は、当然のように女たちを魅了した。騎士団の俊英も、魔術師殿も、エルフの姫君も……そして、アリュエノすらも。

何時からそのような関係になっていたのか、それは定かではない。だが、俺が気付いた時には、彼女らはそのような関係にあったようだ。

今日もきっと、声が聞こえない何処かで救世者と呼ばれる男と、女たちは絡み合っている。

だから俺は何かしら口実を作っては、声の聞こえない場所を毎晩探す羽目になる。このところは、夜番にでて立ったまま僅かな睡眠を取る日々が続いていた。

まだ、他の女たちならいい。誰もかれも男なら手を出したくなるような女達だ。羨ましいといえばその通りだが、まだそれはいい。

だが、もし。万が一。アリュエノの声が、聞こえてしまったら。

＊

「……収まったか」

ようやく隣室からの声が収まり、一息がつけた。幸い、まだ夜は深い。今からなら十分ベッドに身を沈めて寝られるだろう。噛み煙草を鎧にしまおうと、暗闇の中に手を伸ばす
「それで、何時まで此の旅を続ける気だ。まるで小舟にのり、濁流に流されるままの此の旅を」

深い暗闇の中から、声が這い出ていた。

影が、見えた。それは人影。声は人のそれだ。その影は俺の鎧を足蹴にしながら、いつの間にか対面するようにテーブルに座っていた。

失態だ。声に気をとられたとはいえ、今の今まで侵入者に気が付かないなんて。咄嗟《とっさ》に枕元の剣に手を伸ばす。だが——。

「礼を失したな。だが貴様に接触するにはこれが一番良い方法だと思われ、実際そうだった。許せ」

剣に手を伸ばした所で、俺の体は凍りついたように動かなくなっていた。夜の静寂の中、心臓の

鼓動が体内に響く。声をあげるどころか、口を開くことすら、できない。

「呼吸はできるはずだ。死にはしない。安心しろ、私はただの運び人。貴様に害を成そうと忍びこんだわけではない！」

話す内容は穏やかだったが、その言葉は実に荒々しく、何か不出来な演劇を見せられているようだった。不可解で、奇妙な人間だった。そして何より解せないのは、彼の姿が捉えられない事だ。暗闇の中に浮かぶ人影は見える。だが、その服装や顔立ち、細部に至る部分が一切認識できない。あり得ない。夜目だけは自信がある。しかもすっかり暗闇に慣れた瞳で、この距離で、見れないなんてはずがない。

「認識しようとしたな！　だが無理だよルーギス。私は君の特性を良く知っている。ならば相応の対策を打つのが当然というものだ！」

再び声を荒げながら、さて、と男は言葉を落ち着けた。

対策。何故。理由がわからない。一切が不明だ。俺の対策をしてまで、俺の寝室に忍びこむ必要が何処にある。俺はこのパーティで一番不要な部分でしかないというのに。

「そうだそこだ、ルーギス。貴様何時まで今、そのままの位置に甘んじているつもりだ、ええ、おい？」

身体は依然として動かなかったが、喉が僅かに、鳴った。

影は、言葉を続ける。

「私は貴様に良い話を運んできたのだよ。ああ、とても良い話だ。勿論、全ての選択は貴様にある。

手を取るも、取らないも。貴様次第だ。こういうと、警戒されてしまうかもしれないがな」

いや警戒自体はずっとしている。やはり、どこかズレた奴だ。不出来な存在だった。

「私は運び人。お前に機会を持ってきた。お前に一度だけ機会をやろう。全てを塗りつぶし、人生という絵画を描き直す機会を！」

『その失意と選択』

影はテーブルに腰かけたまま、如何にも胡散臭《うさんくさ》く、そして如何にも楽しそうに、言った
「私は何処までいっても運び人だ。貴様に選択を強制する事はない。貴様が今のまま在るというのであれば、それを否定しない者でもある」

瞼が震える。暗闇の中、真っ黒なまま彼はどうする、とでも言いたげに、こちらに視線を向ける。

いや、正確にはその姿は確認できない為、恐らくは、という事になるが。

何だこいつは。一体こいつは何なのだ。唐突にあらわれ、唐突に声を荒げ俺に機会を与えるというう。

何故。一体何が目的で。どんな手段で。

「貴様の疑問はおおよその所理解できる！　そして答えも容易だ。だが残念だ。今の貴様に伝えることはできない。ああ出来ないのだよ！」

少し言葉を聞いただけで分かった事がある。こいつは、ひたすらに大仰な人間だ。

相も変わらず、身体は凍り付いたように動かない。指先すら全く動く気配がなかった。口を開くことすらできない。だがこいつは、まるで俺の意図をくみ取ったかのように、一人言葉を続ける。

「分かるとも、実にね。これでは私を信用する事など、出来るはずもない。それはまるで羊が狼の言に盲従するようなもの！　だが悲しいかな、私は説得する者でも、交渉する者でもない。ただ、運ぶ者でしかないのだ！」

当たり前だ。身体中の、話す言葉の、いたる所から怪奇さを漏れ出させる奴の、何処を取って信用しろというのか。ああ、そうだ。信用など、出来るはずもない。

彼は俺の心情を置き去りにして、独白を続ける。

「私は運ぶ者。貴様に人生を塗り替える機会を与える者。何、そんな機会など望んではいないと断るのも、逆に諸手をあげて受け入れるのも貴様の自由だ！　故に、先に一つ告げなくてはならない」

荒々しく、何処までも自分本位で、本当に俺に話しかけているのかすら不明瞭だった彼の声が、明確に俺の方を向いた。

「私たちは、確かに利害を持って貴様に機会を与える。それは事実だ。当然の事だ。唯一の神に非ざる我々が、ただ何かを与える事などあってはならない。貴様に機会を与える事は私たちに利ありと理解しているからこそ、私は運んできた」

その声は、今までの何処かふざけた所を含んだ声色《こわいろ》とは違った。とても真摯《しんし》で、そして紛れもない彼自身の言葉のように思えた。だからと言って、その言葉が信用できるというわけでは勿論ないのだが。

「一度だ。これは一度だけの機会だ。貴様には幸運な事に選択する権利がある。さぁ」

どうする、と影は問い、その煩過ぎる口をようやく閉じた。

何がどうするだ、と思わず毒づきたくなる。俺には何の情報も、何の事実も与えられていない。ただ一方的に突き付けられ、一方的に答えを求められているだけだ。相変わらず、信用など、できるわけがなかった。

口が開く。喉を空気が通る感触がした。声は出せそうだ。

此処で大声を出せば、流石に他のパーティーメンバーが気づくことだろう。そうなれば流石にこいつも撤退せざるを得ない。俺は苦し紛れに、殺されてしまうかもしれないが。だがそれは、パーティーにおける俺の役目だ。

ああそうだ、それが俺の役目だ。パーティーの危険を庇い、受け入れ、時には命を落とすのが。俺の役割である事に相違ない。だから、告げる言葉も決まっている。

「――受け入れるさ、勿論。お前の手を無理矢理にでも取ろう」

当然の、言葉だった。

信用できるはずがない。罠であるかもしれない。下手をすると魔術師殿の性質の悪い悪戯であるかもしれない。だとしても。ああ、だとしても。今、差し伸べられた手を叩き返すなんて事は、俺にはできそうもない。

「これは僥倖《ぎょうこう》！　意外だな。貴様は捻《ねじ》れている様で、真っすぐな男でもある。であれば、当然に断る事も私たちは想定していたのだが！」

勢いを取り戻したように彼は荒々しく、そして心なしか嬉し気に言葉を紡《つむ》ぐ。

意外か。確かに、普段の自分であればそうしただろう。たとえ命を落とすことになっても、パーティーに殉ずる事を躊躇《ちゅうちょ》することはなかっただろう。だが、気づいてしまった。

「……分かったんだよ。今やっと分かった。このまま、何にもならない無為な時間を浪費し続けた所で、状況は何も変わらない。不変は腐敗を生み、そして俺は」

身体も、いつの間にか動くようになっていた。今は、剣に手を伸ばす気力も無い。ただ、失意だけがあった。

「きっと諦めるだろう。何時かは知らない、何処かで」

彼はその言葉に、押し黙った。それは言葉に詰まって口を閉じたのではなく、答えるべき言葉はあるが、それを伝えることはできないのだと。そう、言っているようだった。

そっと俯き、目を瞑《つむ》る。やはり、アリュエノの顔が浮かんだ。他のどんな美しい光景でも、財宝でもない。彼女の姿しか、瞼には映らなかった。この旅で、彼女の色んな面を瞳に焼き付けて来た。

その美しい横顔も、健気な様も、慈愛の笑みも。

そして、救世者と呼ばれる男に、恋慕の視線を送る姿も。

諦めていないつもりだった。そのつもりだった。何時か、何処かでと。心の中ではそう思い続けてきた。だが、やはりダメだったのだ。

俺の中には恋やぶれた失意と、それでも尚、彼女が其処にいるという事実だけでパーティに引っ付いてきた惰性しかなかった。

そしてその旅の中で俺は、何時かきっと、諦めてしまうだろう。全てを。

「俺はそんなことに耐えられない。いずれ全てを諦めてしまうのなら。であるならば」

「手をとるというのだな。それがたとえ狼であろうと、悪魔の使いであろうとも！」

影は、そっと俺に向かって手を伸ばした。

その通りだ。もはや俺には何もない。アリュエノを失った人生に価値はない。それを塗り替える事ができるというのであれば、たとえ相手が悪魔であろうと、契約しよう。

「歓迎しよう、ルーギス。貴様の参列を。そして与えよう、新たな機会を！　私は運ぶ者であればこそ！」

不思議と、今まで見えていなかったその姿が、月明かりに照らされて見えた気がした。

それは俺の幻覚であったかも知れないし、彼から受け取った印象が影に形を与えてしまっただけかも知れない。だが、そこに映っていた姿は。

顔に線を入れたような笑み浮かべる、まさしく悪魔のような表情をした、紛れもない人間の姿だった。

『過去と願わぬ出会い』

一番に感じたのは、匂いだった。

懐かしい匂い。酒と煙草、血と鉄の匂い混じり合って、鼻が麻痺してしまうような感覚。まだ餓《が》鬼《き》だった頃、いやという程嗅いだ匂いだ。

そう、そうだ。この匂いは懐かしの。

「何時まで寝こけてやがる痩せ犬」

がん、っと。後頭部に強い衝撃が走った。咄嗟に顔をあげる。目前で火花が散り、今一焦点が合わず状況が理解できない。じくじくと、脳髄に鈍い痛みが残っていた。

「ルーギス。その様じゃ、またドブ浚《さら》いでもしてたんじゃゃねぇだろうなぁ」

顔をあげてそこにいたのは、白髪に白い顎髭。顔に深い皺《しわ》と、傷を刻み付けた顔。

馬鹿な。おかしい。彼が此処にいるはずがない。いや此処にというか、今というべきか。何故なら、彼は――。

「リチャードの爺……!? 何で化けて出やがった、てめぇ死んだはずじゃ、がッ!?」

痛い。先ほどより更に。眼球が俺の身体から飛び出てしまうんじゃないかと思う程の、痛烈さだ。

「何を勝手に、人を殺してくれてんだ」

人を思い切り殴りつけておきながら、大して怒っていない様子でリチャードの爺さんは酒をあおった。頭を混乱させながらも、そこでようやく自分がテーブルに突っ伏して寝ていたのだと理解する。通りで、後頭部を殴られて目の前に火花が散るわけだ。

「幾らなんでも寝ぼけ過ぎだルーギス。久しぶりに様子を見にきてやったらこれだ。お前俺から教えを受ける身である事忘れてんのか」

目を瞬かせながら、酒瓶を持ったままこちらの顔を覗き込む爺の顔を見返す。

ああ、そうだ。紛れもない。忘れようもないこの顔。暴虐で、悪徳を好み、弱者を食い物にする紛れもない、悪人。そして、我が師、リチャード。

だが、彼はもう死んだはずだ。先王の時の大災害で、柄にもない死に方で。死んじまったはずだ。その彼が平然と姿を見せ、俺と会話している。

「ああ……いや、こんな所で寝てたからよ。寝つきが悪かっただけだ。ほら、育ちが良いもんだから」

そう冗談めかしていうと、リチャード爺さんは皺を深くして、軽く頭を掻いた。呆れるようにこちらを見つめて、こいつは打ちどころが悪かったかな、なんて呟いている。

「ガキの頃から、てめぇの寝床は此処か床くらいだろうが。慣れたもんだろ」

それは、確かにそうだ。リチャード爺さんの下にいた頃、といっても彼は方々に出歩いては気が向いたら帰ってくる程度だったが、俺は金がなく酒場のテーブルに突っ伏して一晩を過ごしたものだった。だがそれは、何年も前の話で。

咄嗟に、自分の姿を見直す。自分の身体が、一回り。いや二回りほど小さい。しかも身に着けている緑のぼろきれ。これはまだ十代前半の頃気に入って身に着けていたものだ。筋肉は萎み、手足の細さは未だ成人し切れていない身体そのものだ。

——お前に一度だけ機会を与えよう。全てを塗りつぶし、人生という絵画を描き直す機会を。


その言葉が、頭の中で反響した。

ああ、そうか。そういう事か。あれは全て事実で。紛れもない真実の契約で。俺は、「何時までも馬鹿吹いてんじゃねぇぞルーギス。今日はてめぇに仕事を持ってきてやったんだ。とっとと顔を洗ってこい」

俺は、未だ発展途上。冒険者の端くれに加わったあの頃に、戻ってきたのだ。

＊

我が師は、当然といえば当然だが。全く変化を見せていなかった。俺はその事実を単身、偵察という名の生贄に捧げられた事で実感している。

音を立てないよう、草を踏み分け大木の森を進む。身を屈ませ、瞳を揺らして周囲を見回った。

「あの爺……」

思わず、愚痴が零れる。

何時ものモノを取り出そうと反射的に胸元に手がいくが、目当てのモノに行き当たらない。

いや、そりゃそうだ。この頃はまだ噛み煙草どころか酒も碌《ろく》に飲んじゃいない。大体、食うものすら手に入れるのに苦労していた俺が、嗜好品《しこうひん》なんて上等なものを持っているわけがない。

がちり、と歯を鳴らす。

ああくそ。確かに戻れた、十年以上前のこの日に。それは確かだ。だがいざ戻ってみると不便の多い事。仕事も信用がないゆえに、ギルドから真面には受けれやしない。リチャードの爺さんの下請けか、誰もやりたがらないような仕事ばかり。時代が巻き戻ったとはいえ、全てが上手くいくとは限らない。その事を重々理解させられた。

この大木の森への偵察も、本来ならリチャードの爺さんが一人でやるべき仕事。その一部をぶん投げられただけ。碌なもんじゃない。

大体、自ら大型魔獣の討伐依頼を請け負っておいて、その為の危険な偵察を人にやらせるか、普通。何処までも悪辣《あくらつ》だあの爺は。いや勿論、それは理解していたのだが。

深いため息をつきながら森を奥に進む途中、ぴたりと、足を止める。

身をより深く屈め、地面を見つめた。そこにあるのは、散らばった小石と、僅かにだけへし折られている雑草の葉。

誰か先に来ているな、これは。

それは間違いなく人の歩いた後だ。軽い隠ぺいの跡があるが、あくまでその場しのぎ。しかしこれでも、当時の俺なら分からなかっただろう。それくらい俺は無知で無力だった。救世の旅の中では、いやというほど偵察だのをやらされて慣れてしまったが。

しかし誰だ、一体。この危険な森に隠ぺいを施してまで入り込もうなんて奴はそういないはずだ。此処から先は完全な奥地。確か、当時の俺はこの先に入って……。

「……ッ！」

思い出した。むしろ、何故気づかなかったのか。馬鹿か俺は。俺が爺さんの仕事を手伝わされて此処にいるって事は、当時の俺だってこの森に来ていたはずだ。

そこで俺は、見たはずだ。あの姿を、あの女を。

一拍、空気を吸い込み、吐き出す。奥歯をかみしめ、身体の震えを殺す。そうして地面を這うように身を屈めてそのまま、地を駆ける。音を立てぬよう、葉に痕跡を残さぬよう、足をつける地面を選り分けて。

そうか、あの奴だ。あの女が来ているんだ。

あの女は当時、騎士団で見習いの身でありながら向上心は誰よりも強く、ギルドにより禁止区域に指定されているにもかかわらず、自ら腕試しとばかりにこの森の中に足を踏み入れた。大型魔獣を討伐する為に。

最悪だ。最低の事態だ。

あの女と鉢合わせることは何があっても避けたい。間違いなく、あの足跡の隠ぺいは彼女のものだ。であるなら、即座に、より早く、目標にたどり着き目的を遂げる。そして寄り道をせずに帰る。それが最良の策だ。

――ギィン――ギィィイン――。

終わった。

記憶にある大型魔獣の寝床に近づけば近づくほど、剣戟《けんげき》に似た音が聞こえてくる。奴が、いる。

間違いなく奴が、我に敵なしとばかりに魔獣と戦っている。

咄嗟に木の上に駆け上り、音の発生源に視線を向けた。内心、確信を抱きながらも、どうか間違いであってくれと、願いながら。

だが、願いというものは往々にして裏切られるものと相場が決まっている。

視線の先には、忘れようもないその姿。身体と比較すれば随分と長い剣を見事に操り、銀色の軌道を描きながら魔獣と相対している。彼女は今はまだ見習い騎士のはずだが、未来の騎士団の俊英にして、救世の旅パーティーメンバー。

名はカリア＝バードニック。その人が、そこにいた。

『見習い騎士カリア＝バードニック』

――ギンッ――キィィイン――。

剣戟の音が、耳に響く。美しく、ただ聞いていれば惚れ惚れとするような、そんな音色だ。

彼女は未来の騎士団の俊英にして、誇り高き騎士そのもの。カリア＝バードニック。

だが彼女の言う騎士とは、戯曲や舞台なんかで尊ばれる騎士道を重んじる存在とは、少し、いや大きく違う。

カリア＝バードニックの中にある騎士像とは。ただ強き者に過ぎない。たとえ弱きに手を差し伸べる心をもっていても、正義の為に命を投げうつ意志があったとしても。弱き者であるならば、それは彼女の中で騎士と認められない。

ゆえに彼女の中での強さとは、弱きを守る為のものではない。力とは、更に強き何かを打破する為の手段であると、かつて彼女は言った。そして、その強さが武力であれ、財力であれ、力持つ強き者とは努力した者であり、力無き弱き者とは努めなき者だとも。カリア＝バードニックはその考えを心の底から信じている。正しいと確信している。

強者の理論。才あるものの傲慢《ごうまん》。ああ、全く懐かしい。あいつは俺に直接言ったのだっけ。弱い貴様の人生など、無価値そのものだと。

――ガィン――ギィイン――。

頬をひくつかせながら、眼下を覗き込む。カリア＝バードニックは剣を波打たせつつ、自分より数周りは大きい猪型の魔獣との戦いをこなしている。少女が銀色の髪の毛を揺らしながら戦うその様は、いっそ幻想的な光景にすら見えた。

カリア＝バードニックがその暴力的ともいえる言動を許されたのは、一つは彼女自身の才覚。そしてもう一つは、その器量にあった。彼女は紛れもなく美しい。彼女が騎士団の中で台頭し始めたころ、その姿に憧れ騎士を志す婦女子が増えたというのはよく囁《ささや》かれる噂話だ。噂の真偽は別として、彼女がそのような噂が囁かれるまでに強く、そして美しかった、というのは確かだ。だから、許された。弱者に対する冒涜的《ぼうとくてき》な生き方も。

ああ、嫌だ。とても嫌だ。俺が会いたかったのはただ一人、アリュエノだけだ。何故顔を合わせるのすら嫌な奴に真っ先に会わねばならないのか。

カリア＝バードニックは救世の旅で、ことあるごとに俺を目の敵にしてきた人間だ。理由は単純だろう。ただ俺がパーティの中で、圧倒的な弱者だったからだ。ゆえに差別し、偏見をもち、迫害する。余りにも真っすぐで、自分の基準から外れるものに寛容を持たない生き方。俺はこいつが、大嫌いだった。

＊

「おかしいな……以前は、そう以前は打倒したはずだろ。何を手間取ってんだ、騎士殿は」

樹木の上から、カリア＝バードニックの剣技と、魔獣の豪力とのせめぎ合いを観察する。そして思わず、顔を顰《しか》めた。

以前、つまり当時の俺が此処に来た時の事はおぼろげながら覚えている。あの時まだ心に良心らしきものがあった俺は、魔獣と戦おうとしているカリア＝バードニックを、止めようとしたはずだ。だが返ってきたのは裏拳だった。邪魔だと言わんばかりに全力で顔面に拳を叩きこまれ、俺は鼻を折ってその場で昏倒した。気づいたのは全てが終わって、夜になってからだ。

そう、そうだ。確かこの森での戦いが、カリア＝バードニックという名が世に広まる最初の出来事であった覚えがある。現場を見ていないので何とも言えないが、彼女は見事魔獣を討ち果たしたのだと伝え聞いた。

反面、俺は散々だった。当然に偵察は失敗。そのお陰で元々なかった信用は地の底の更に下に落ち、長い間リチャード爺さんの下請け仕事は愚か、簡単な仕事さえ受けれない始末。ドブ浚いなんて綽名《あだな》を付けられ、惨めな青春を送ることになった。

ああ。思い出すとどんどんむかっ腹が立ってきた。胸の奥底を、沸き立つような憤怒が撫でる。

だが、何にしろカリア＝バードニックが此処であの魔獣を打倒したのは事実のはずだ。しかし、それにしては妙に時間をかけている。

いや、違うな。間違いなく押されている。

彼女は見事に剣を操って魔獣の暴力をいなしてはいるが、ただそれだけだ。明らかに決定力に欠けている。隙が出来るのを見計らっているのだろうが、それに転じるだけの余裕がない。

「何をやってるんだ、あんたは」

歯を鳴らす。なんだあの技量は。あれが本当にカリア＝バードニックか。俺が知っている彼女は、あんな無様な戦い方はしなかった。あんな無駄な動きはしなかった。細部まで洗練され、全てが計算され、紛れもない才気を感じる剣技を振るっていた。

あんな奴は大嫌いだ。ああ、大嫌いだったとも。だがその力は紛れもなく本物だった。だから、嫌悪していたが認めていた。心の底では、敬意すら抱いていたんだ。

だが、あれは何だ。

未熟で未完成で無策。とても、魔獣に打ち勝てるようなものではない。俺が知っている彼女とは、似ても似つかない。あいつは、あんな技量で大型の魔獣と戦おうとしていたのか。

何故怒りがあるのか分からない。何故、唇を噛んで目つきを強めているのか分からない。何一つ分からない。心境は極めて複雑だ。

今まで何とか保たれていた拮抗が、崩れる。魔獣の暴力を受け止めきれなくなったカリア＝バードニックが、僅かに態勢を崩した。

魔獣が、大きく唸った。彼女の態勢は、未だ立ち直ってない。紛れもない体力の限界だ。そしてあの種の魔獣が唸りをあげる時。それは即ち相手を敵ではなく、ただの獲物と見据えた時。

――ギィィイイイン。

彼女の剣が、残響音を残しながら魔獣の牙に跳ね飛ばされる。彼女は攻撃を避ける為に一歩下がるが、それでは浅い。その距離では魔獣のチャージに完璧に補足される。

ふと、思い出した。そういえば彼女の身体、その肩口には大きな傷があったな、と。それを見てしまった時は、頬骨を折られたが。

そうして今、彼女はその傷を再び身体に刻もうと、している。

背骨を冷たいものが貫く感触があった。血流が早まり、心臓は動悸を耳に響かせる。

「ッ、ああ。ったく……！　本当に何やってんだ、あんたはァ！」

嫌だ。全く、見てられやしない。

嫌いだ。だからこいつは、大嫌いだ。緑のぼろ布を揺らしながら、足場を蹴る。手に構えたのは二本のナイフ。安物で、グリップも緩い。だが十分だ、俺がすることはただ落ちるだけ。方向性をつけ、大型魔獣の眉間に向けて一直線に。それだけなら、非才の俺にも十分出来る。

魔獣は幸い、眼前の無防備となったカリア＝バードニックの姿に釘付けだ。ならば間違いはあるまい。

跳べ、跳んで殺せ。一直線に。抉りぬけ。

銀色の軌跡を残したまま、俺の身体は奴の最も弱い部分である、眉間へと衝突した。

瞬間、響き渡る慟哭《どうこく》と、肉を裂く音。

「グ…ァアァァアアガッ！」

鉄が肉と神経を抉り、血流を迸らせる。ナイフは落下の衝撃をそのまま糧とし、根本まで魔獣の眉間へと突き刺さっていた。

#『その栄光の名』

「グ…ァアァァアガッ！」

大型魔獣と、未だ成長しきってない餓鬼の真っ向衝突。なら反動は当然。二本のナイフを魔獣の眉間に突き刺したまま、近くの草むらまで跳ね飛ばされる。口内からは鉄の味がにじみ出ていた。

「ガ……ハ、ッハァ。こっちは十分知ってんだぜ、お前さんは眉間が一番柔らかいってことはな」

そう、何せお前型の魔獣は、後年いやというほど研究されたんだ。

擦り傷だらけになりながら、頬を吊り上げる。肉を切り裂いた感触が未だ手にしっかりと残っていた。突発的で衝動的な行動だったが、成功だ。胸は高揚と達成感に跳ね上がる。そうだ、ああそうだとも。ここで逃げてるなら、以前と変わりない。俺は何があっても、かつての自分を踏破しなければならない。かつての、そして未来の俺を克服しなくてはならない。

あんな最低の未来を、再び歩まない為に。誰にも踏みにじられることなく、己の尊厳をこの手につかみ取る為に。

魔獣は苦悶の声を響かせながら、血を眉間より滴らせる。致命傷ではないが、全く無視できる軽傷というわけでもない。今の状況じゃ、上出来だろう。

「……ッ!?　なんだ、貴様は何処から来たッ！」

「ああ、ああ。黙っててくれ。聞きたくねぇんだその声は！　そんな雑な技量で俺の前にでてきやがって。まだ弱いなら弱いなりに、大人しくしてりゃいいもんを」

ああ、今凄く気持ちが良かった。なんだろうな。積年の恨みを一言で晴らしてやった気分だ。少し怖くなってカリア＝バードニックの方を見てみる。

よし、大丈夫だ。悔しそうに歯噛みしているが、流石に状況が状況、こちらに襲いかかってくることはないだろう。

「ほらよ、俺はもう手ぶらだ。後はあんたがやってくれ。奴《やっこ》さんは相当動揺してる」

草むらに放り出されたままの銀の長剣を手にとり、カリア＝バードニックへと手渡す。彼女も無傷ではないのだろう、僅かに顔に血が滴っている。だが、俺よりは十分役に立つはずだ。

「……言われずとも。貴様との問答は後だ。あの牙を潜り抜け、決着をつける」

手早くな、とそう呟きながら、再び彼女は長剣を手に巨獣を睨み付ける。

その体躯は猪に似ている。あくまで造形は、だが。

その内実はまったくの別物だ。毛並みの下に隠れる外皮は岩をも弾き飛ばす強靭さ。身体を支える四本の脚はどれも根を張った木々のように太く、軟《やわ》な斬撃では当然のように弾き返されるのが目に見えている。

荒い息を吐きだしながら、長年研ぎ澄ましてきたであろう大きな二本の牙を、突き出すようにして魔獣は態勢を整えた。

大型魔獣。

その名に恥じることない巨躯《きょく》をもったそれは、その鋭い目つきでこちらを見据えている。その威容は流石。弱点を抉りぬかれ、軽くない傷を負いながらも未だ闘志を失っていない。むしろ、手負いの獣ほど狂暴になるもの。だが幸い、こちらを警戒しているのだろう。ギョロギョロと大きな瞳を動かしながらも、その初動は鈍い。

「顎を狙いな。奴の心臓を抉りだし、地獄の底に叩き落すにはそれしかない」

「顎？　馬鹿を言え、あの牙を潜り抜けて顎を狙うくらいなら、上部から頸椎《けいつい》を狙った方が良い」

コンコン、と自分の顎を叩きながら言うと、カリア＝バードニックは怪訝な目つきで応じた。

「馬鹿はお前だ。あの型の魔獣は突進力が最大の武器。外皮は鉄剣で切り落とせるほど軟らかくない。幾らお前さんの技量でもかすり傷一つが精々だ」

「……言いたいように言ってくれるな。あれは新型の魔獣だぞ。何故そんな知った風な口を利ける。大体、貴様のような見すぼらしい風体の男の言う事を、信じられるとでも？」

「なら別に構わんよ、どうしようと」

彼女の言葉を食い気味に、軽く歯を鳴らして告げる。

本当にこいつは、今も、そして未来も変わらない女だ。嫌な女だった。

人の意見など聞きはしない。自分一人で全てを完結させる女。こいつに物事を素直に言い聞かせられたのは、最初から最後まであの救世者の男だけだった。

きっと、今もこの女はこう思っているんだろう。こんな貧弱で、いかにもろくでもない見かけの男の言う事など、聞けるものではないと。何時だって人を馬鹿にしてくれる女だ

「なら俺はさっさと撤退するさ。後はあんた一人で存分にしてくれりゃあ良い。元々、俺の仕事は偵察なんでね。それに、だ」

こうやって話す間にも、あいつは回復していくぜ、そう言いながら視線で魔獣を指す。

魔獣はその巨躯の至る所から煙を噴出させ、傷口を塞いでいく。あれこそが瘴気《しょうき》なのだと、学者は言う。毒霧が奴らの傷を塞ぐのだと、冒険者が語る。実際の所は良く分かっていない。魔力を蒸発させて、傷口の修復にあてているなんて説もある。

その真相がどうであろうと、あれは間違いなく魔獣を回復させる何かだ。

傷口が塞がり切れば、間違いなく奴はこちら目がけて襲い掛かってくるだろう。魔獣の敵愾心《てきがいしん》は獣のそれを遥かに凌駕する。特に、身体に傷をつけられたとなれば尚更。

「なァに、あんたなら出来る出来る。頑張ってくれや。応援してるぜ、酒場のテーブルからよ」

こんな馬鹿にした言い方をすれば、カリア＝バードニックはもう何も言ってこないだろう。何より巻き込まれるのは御免だった。

ただでさえ嫌いな女の為にナイフ二本を無駄にしてる。あの魔獣に一撃をくれてやったことは、過去の俺を思えば間違いなく意気地を見せた。そう悪いことにはならないはずだ。その為の犠牲とでも思っておこう。

「……待て」

手をひらひらと舞わせながら去ろうとする俺を、鋭い声が呼び止めた。

「――了承した。非礼を詫び、貴様の言を取り入れよう。どうすれば奴と戦える。どうすれば、奴を殺せる」

その言葉を聞いて、踵《かかと》から怖気《おじけ》のようなものが這い上がってきた。

「……おいおい、本気かよ」

この女が、自尊心と傲慢さを溶かし合わせたような人間が、俺を頼るだと。わけがわからない。全く埒外《らちがい》の事だ。

頼られる心地よさよりも、寒気の方が遥かに勝る。顔を歪に歪めたまま、親指で魔獣を指さす。

「いいか奴さんの牙は柔らかい弱点の眉間を守るためのもんだ。ゆえに奇襲でもなけりゃそううまく突けるもんじゃない。そして外皮なんざ硬くて貫こうと思ったら、高位陣魔法でも持ってこなきゃならねぇ」

カリア＝バードニックは案外素直に頷きながら、その言葉を聞いている。俺の言葉なんざ碌に聞く耳を持たなかった未来の姿からすると、考えられん。正直、不気味だった。

コンっと顎を叩きながら、言葉を続ける。

「だから顎だ。奴の顎下から首中にかけての皮膚は外皮に及びつかんくらい脆弱《ぜいじゃく》で、鉄剣でも十分に貫ける」

「といって、どうやって狙う。内側の皮膚が柔らかいのは、当然狙い辛い、危険が少ないからだろう」

「かちあげ時を狙うのさ」

かちあげ時、と彼女はおうむ返しに言葉を紡ぐ。目を細めたまま、解説を続ける俺の手の動きを注視している。

「奴は牙で獲物を仕留めるとき、最後の最後に牙をかち上げて、完全に獲物を殺そうとする。その時一瞬、顎下があく。そこに食らいつけ」

「おい、正気か貴様？　本気でそれを言っているのか」

呆れたような声が、俺の言葉を食い気味に飛び出た。そんなものは隙ともいえんとカリア＝バードニックは続け、顔色を曇らせる。如何にも自信なさげで、その細長い剣を支える手も揺れ動いている。

驚いたのはむしろ、俺の方だ。この女は、何を言っているんだ。

「出来るさ。出来るに決まってる。迷う必要すらない」

「ッ!?　何故そんな事が言える、人事だと思って、何も根拠もない事を言うんじゃない！」

「根拠ならあるさ」

勢いを挫かれ、怯んだその銀色の瞳に、ため息を吐きながら言う。

「あんたがカリア＝バードニックだからだ」

そう、出来て当然だ。出来ないはずがない。剣術の天才で、騎士団の俊英。その彼女が出来ずして、誰が出来るというんだ。

一瞬、目を見開きながら、カリア＝バードニックは俺と視線を合わせた。今更かも知れんが、少し怖い。彼女に脅かされ続けた救世の旅のことをどうしても思い出す。そんな俺の心境など笑い飛ばすように、彼女はうっすらと、しかし零れるような笑みを浮かべた。

「――了承した。そうだ、私はカリア＝バードニックだ。ならば当然に、魔獣を打倒してみせよう。

そこでみていろ、貴様」
ああ、何だやっぱりやれば出来るんじゃないか。
自信を胸に掲げながら、そういって魔獣の前へと赴くその後ろ姿は、紛れもない。俺の知る天才
――カリア＝バードニックの姿そのものだった。

『才の瞬きと逃亡者』


「――了承した。そうだ、私はカリア＝バードニックだ。ならば当然に、魔獣を打倒してみせよう。

そこでみていろ、貴様」

カリア＝バードニックにとって、その名前は必ずしも誇らしいものではなかった。

貴族の世界にとって、バードニックとは汚名に近しい。

先の大戦で上級貴族でありながら、唯一その参列に間に合わなかった家、バードニック。当主不在の混乱に押し流されるまま、戦争責任の大部分を押し付けられバードニックは貴族階級から騎士階級へとその身を落とす。

騎士階級にも、当然名家は存在する。騎士階級と貴族階級との婚姻も珍しいものではない。ゆえに騎士階級自体が汚名というわけではない、ないのだが、上級貴族から騎士階級への没落など歴史上類を見るものではなかった。

没落者バードニック。負け犬バードニック。その家名は嘲弄《ちょうろう》とともに語られた。カリア＝バードニックにもその風評は当然に纏《まと》わりつき、侮蔑される者の感情を幼い日からよく知っている。

家に縛られ、風評に縛られ、力に縛られ、何一つ自由になりはしない。それは騎士団に入ってからも同じだ。この鎖を断ち切れない自分が口惜しい。力ない己が恨めしい。

ゆえに、彼女は力を得るとそう決めた。そう在るべきであると思ったのだから、そう在らなくてはならないと断言した。肉体を支配するのは何時だって己の精神であらねばならない。決して、周囲の鎖が決定するものではない。克服すべきだ。現状を口惜しいと思うのであれば、克服せねば何も変化はしない。

二房に分けた銀色の、絹のようにきめやかな髪の毛を揺らし、再び少女は魔獣の眼前に立つ。その巨躯を自在に操り、一度は剣を跳ね飛ばされ敗北した魔性。手足の先から、悍《おぞ》ましい寒気が昇ってくるのを、カリア＝バードニックは感じた。

「――だが不様は晒せまい」

克己するようにそう呟く。その言葉にはどこか、嬉色すら混じっている。そんな事にカリアは気づきもしないが。

魔獣の一瞬の隙を突き斬獲するなどというのは、至難の業。本来大型魔獣などというのは、複数の人間と罠、魔術によって打破するもの。真っ向から剣を交えるというのはもはや騎士物語の世界にしか存在しないものだ。

だが、と未だ全身から煙を噴き上げさせる魔獣に向け、カリア＝バードニックは駆けた凡人ならばそれで良い、普遍であるならそれで構わない。だが私はカリア＝バードニックなのだ。そう奴は言ったじゃないか。それこそが、根拠なのだと。誰だか知りもしない。そういえば、名前すら聞いてはいなかった。何処からか突如やってきた闖入者《ちんにゅうしゃ》。見かけは貧相で、その恰好も立派とはお世辞にも言えない。

しかし、奴はあの魔獣に一撃を与えた。奇襲とはいえ、魔獣に傷をつけて見せた。

それは私が、出来なかったこと。その奴が言った。私に、出来ないはずがないのだと。

——地面を這うような低さで魔獣の間合いへと入り込む。そこはもはや魔の世界。常軌を逸する、正気ではいられない場所。白色の影が二突き、猶予も無しに首横を薙《な》ぐ。

本来突進しか能がない猪型の魔獣に比べ、この大型魔獣はいやになるほどの器用さを見せる。二振りの牙を己の手足のように動かし、的確に空間を削り取っていく。こちらを抉り貫かんとする明確な殺意を込めて。

それは人が持つ殺意とは明確に違うもの。魔獣が持つ凶意と言い換えても構わない。残忍であるとか、凶悪であるとかそのようなものではなく、もはや凶意は存在それだけで、脆弱な人間を死に至らしめるような濃密さを誇っていた。

牙を掻い潜り、時に長剣を持って滑らせながら、時を稼ぐ。この魔獣に突進という隙を作らせるなら、ただ間合いを取るだけでは駄目だ。それはこちらが堪え切れず逃げだしたと、そう思わせなければならない。カリアは舞踏のような足さばきを持って、繰り返し目の前を掠める牙の応酬を捌《さば》き続ける。汗が周囲に飛び、その飛沫が白い顎に貫かれる。

息はとうにあがっている。数瞬の間、無呼吸でカリアは牙を捌いている。相手は常に必殺の間合い。こちらは一撃を挟ませることも出来ぬ間合い。その圧倒的な両者の間合いの差が、カリアの体力をかすめ取っていく。

一つ——二つ——三つ。カリアはリズムを取るようにして、剣で白の閃きをいなし続ける。リズムが狂えば即死。間隔が変化しても即死。しかし敵はそれをしない。何故ならこのままでも十分自分は死に得るからだと、カリアは理解している。体力を奪われれば、いずれ捌きされなくなる。魔獣にしてみれば、それまで追い込み続ければ良い話。一撃一撃は必殺の凶意を込めながらも、その行動は獲物を追い詰める為の行為に過ぎない。

舐め切った事だと、カリアは殆ど考える余裕もない頭に思考を過らせた。だがそれは当然。もはや自分は相手にとって敵ではない。ただ無駄な抵抗を続けるだけの獲物に過ぎない。今の、所は。

一つ——二つ——三つ。一つ——二つ——三つ。リズムを取れ。間隔を崩すな。此処で死んでは死んでも死にきれない。白い顎が再び空間を食らい、カリアの銀髪を刎《は》ねる。

「一つ——二つ——三つッ！」

後方へと一足に、跳ぶ。止まるな。もう一つ後ろに跳び、長剣を腰に構える。肩の動きは呼吸に任せたまま。

魔獣にとって、それはただの逃避行動にみえる。獲物が耐え切れなくなり、とうとう自ら死への道筋を選び取っただけのこと。

今まではそうだった。これからも、そうに違いない。

その魔獣は絶対の自信を持ち、両前脚を地面にめり込ませる必殺の構えから、顎を突き上げて、前方へと突進した。

閃光が、走る。

銀色の一閃が、魔獣の顎下をなぞり、首中までにすっと一筋の線を入れた。それは瞬き。まさしく一瞬の光景。誰が動き、何が起こったのか、未だ世界は理解していない。

だが、数瞬。その場は赤に塗れた。大型魔獣はその首元から夥《おびただ》しい血しぶきをあげ、呪いの叫びをあげることすらできず、絶命する。魔獣には理解ができない。本来絶対的優位を持ち、確殺の一撃を放ったはずの己が地に伏し、そして命を奪われる。

そして瀕死に過ぎなかった獲物が、その長剣に血を吸わせて、勝者としてその場に立っている。

何もかもを理解できないまま、魔獣は命を落とした。

魔獣が倒れ伏す轟音の後に響いたのは、カリア＝バードニックの声にもならない笑い声。己の中にあふれ出す感情を表現する方法が、それしか彼女には分からなかった。笑いながら、その瞳からは涙も溢れている。

今、間違いなく己の武技は天上のそれに届きかけた。全てをこの両手が理解した。それがどうしようもなく嬉しくて。だが、その感触は少しずつ失われていく。抵抗なく肉を切り裂けた感触も、至上とも思える一撃の手ごたえも。それが余りにも悔しく、悲しくて、カリア＝バードニックは笑いながら、涙を流していた。

ひとしきり感情を吐露しを終えた後、ようやく落ち着いたカリアは、少し自慢げに、そして嬉しそうに後ろを振り向いた。

今のを見たかと。そうだ、私はカリア＝バードニックだ。貴様の言った通り、成し遂げたと。貴様がその初めての目撃者なのだ、光栄に思うが良いと。

複雑な心境ではあった。最初にみすぼらしいと思った男に対し、真っすぐな好意を持ち合わす純粋さがカリアにはない。しかしこの時に、間違いなく彼への興味と、そして幾ばくかの敬意が、彼女にはあった。

そうだ、名前も聞いていないじゃないか。名前を聞き、何処に所属しているのか、拠点はどこなのか。何故、ああも魔獣への知識を持っていたのか。そして、どうして自分の名前を知っているのか。興味は、尽きない。

言い表せぬ思いを、笑みに込めてカリアが後ろを振り向いた時。

――そこには誰もいなかった。ただ、魔獣の死骸が転がるのみ。

カリア＝バードニックの頬が、溢れ出す感情を抑えきれず、歪に震えた。

『育て親と想い人』

「付き合ってられん」

あの様子なら、どちらにしろカリア＝バードニックが死ぬことはないだろう。見ていろと言われたが、俺が残っていても何ができるわけでもない。危険なだけだ。

リチャードの爺さんから情報料代わりに貰った駄賃は、軽い買い物をしたらすぐに消えていった。つい買ってしまった久方ぶりの噛み煙草の感触に目を細め、街道を歩く。

道々を行く人々は酷く忙《せわ》しない。商人、衛兵、冒険者に小間使いまで。誰かが何かをする為に走り回っている。悠長にゆったりと街道を歩く余裕なんて誰しももっちゃいないわけだ、こんな時代では。当時の俺も、きっとそんな余裕はなかった。空腹に、暴力に、貧困に、常に何かに追われていた記憶は幾らでも出てくる。

今だって、別に余裕があるわけじゃない。過去の記憶はあれど、貧困の度合が改善したわけではないのだから。しかし、だ。

この時くらいは、余裕をもって歩いていたい。誰だってそうじゃないだろうか。自分の想い人のもとへと、向かう時くらいは。

街道から一つ道をずれると、そこには日の光が僅かにしか入らず、街道と比べてすこしじめりとした感覚が拭えない。奥に入れば入るほど、その感覚は強くなる。目的地はその更に奥地だ。

相変わらず、とても心地よいとは言えない場所だった。しかし、郷愁や懐古心というものは都合が良いもので。こんな環境であろうと、懐かしい、ただその一言だけで良いものであるかのように思えてくる。

「珍しいな、小僧。お前が此処に足を向けるなんてのは」

お前の性格から考えると、そう来ないと思っていたが。

そんな声が、背後から耳を突く。

久しい。本当に懐かしくて、涙が出てしまいそうな声だった。僅かに声を震わせ、背後から迫ってきた足音に応える。

「ナインズさん。俺もう小僧って年じゃ……ああいや、年か。そういや、まだそういう年か」

一瞬出かけた言葉を思わず噛み潰しながら表情を歪める様が可笑しかったのか、ナインズさんは頬を緩めながらけらけらと笑う。

「何だ、冒険者になって一丁前に大人きどりか。お前なんぞ、私からすれば何時までも小僧だよ。おかえり、ルーギス」

変わらない笑みで俺を迎えてくれたのは、俺、そしてアリュエノが育った孤児院の主。育ての親にして、皆の母親代わり。ナインズさん、と皆呼んでいる。僅かに紫がかった毛髪は、裏通りの暗がりの中でも良く映える。しかし、当時から思っていたが本当に年を感じさせないな、この人は。

俺が子供の頃からその容貌が殆ど変わっていない気すらする。

すっと買い物籠を自然に俺に手渡しながら、寄っていけ、と我が物顔で裏通りを歩いていく。

「今日はどうした、泊まる所がなくなって泣きつきにきたか？」

「誰がだよ。んなわけねえでしょう。あぁー……アリュエノに会いに来たんですよ」

何であろうか。妙に、照れくさい。ただ幼馴染に会いに来ただけで、お互いまだ年端もいかぬというのに。きっとナインズさんも、俺の反応を馬鹿にするように笑うだろうと、そう思っていた。

「まぁ、そうだな。お前は人に泣きつく性質ではない――アリュエノ、か」

「……ナインズさん？　どうしたんだよ、急に黙りこくって」

彼女には珍しい、言葉に詰まった様子に思わず目を丸くする。

別に、アリュエノに何かがあったという話ではないはずだ。なにしろ、アリュエノは未来、救世の旅のその日まで生きているのを、俺は知っている。たとえ何か病気にかかっていたとしても、心配なのには変わりないが動揺するほどのことではない。

その、はずだ。

「そのアリュエノだがな――身請け先が決まった。だから、今日は良かった。最後にお前に会えればあの娘も喜ぶだろう」

身請け先が決まった。その言葉に、反射的に身体がこわばる。鼻を掻きながら、発する単語を選ぶように、ぼそりと呟く。

「……まだ、早いんじゃないですかね。それに、あいつなら孤児院でも十分やってけるんじゃ」

「馬鹿を言え。何時までも、あの娘を縛っておくわけにもいかん。一人で生きていけなくなってしまうだろう」

返す言葉がない。何とか言葉を捻りだそうと言葉を練り、しかし萎んでしまう。

しばし、無言になった間。ナインズさんが心なしかゆっくりと歩く後ろを、ただついていった。

身請け。それは孤児院で暮らす者には、いずれ訪れる一つの選択肢だ。

生まれはどこにしろ、孤児院で育った者の将来は、大きく二つ。

一つが、俺のように冒険者となる事。冒険者という職業は、何の後ろ盾も、紹介すらもいらずに成れる唯一といって良い職業だ。替えの利く命となる事を、この国では万人に認めている。

冒険者なんて名乗ってはいるが、その大部分はゴロツキや野盗の集団とそう代わりない。その生活は常に命を賭け金にして、僅かな糧を得るようなもの。大成する者は僅かに過ぎない。だが、孤児院からはその僅かな可能性に夢を見て出ていく者も少なくない。それこそ、俺のように。

二つ目は、身請けされる事。即ち――何処ぞの個人か、組織かに買われる事だ。後ろ盾も何もない子供には、職を見つけるにはこれしかない。男なら、肉体労働か剣奴《けんど》。女なら、良くて色町。悪ければ、金持ちの玩具。どちらにしろ、使い潰しの命である事にそう違いはない。多少運の良さ悪さはあれど、だ。

「……身請け先って、何処なんですかね」

「それは、私の口から言う事じゃないな。直接聞け」

アリュエノの口からな、と言って、ナインズさんはいつの間にか到着していた孤児院の扉を開けた。

孤児院は、相変わらず何処か傾いていて、強い風が吹けば崩れてしまいそうなほどだった。扉を開ける時の妙に軋む音も、昔の通り。

「アリュエノ、客だ。珍しい奴がきたぞ。手紙を出す為の代筆料が浮いて良かったな」

先ほどの雰囲気などなかったことのように、ナインズさんは中に向けて話しかける。

奥から、足音が聞こえてくる。これも、覚えている。彼女だ。アリュエノの、足音に違いない。

裏通りを歩く間たっぷりと悩んだはずであるにもかかわらず、俺は、どんな表情を作って彼女に会えばよいのか、未だ分からなかった。


『アリュエノという人』


孤児院の奥から、走り寄ってくる、その姿。

紛れもない。あの頃の、未だ幼さが残るアリュエノの姿そのものだ。触れると崩れてしまいそうな、細い指と白い肌。淡く輝く薄い金色の髪の毛は、しっかりと整えられ纏められている。

「まぁ、ルーギス！　ルーギスよね。久しぶりだけれど、変わらないわ、貴方。小生意気そうな所とか、捻くれてそうな所とか、全く変わってない！」

あれ、何かおかしいな。

どんな表情を作るべきかと思案し、強張っていた顔が奇妙に歪む。その様子がおかしかったのか、アリュエノは口元を抑えて破顔した。

「どうしたの、変なものでも見た、って顔をして。もしかして冒険者になって毒気でも抜かれちゃった？　それはそれで、大変よろしいけど面白味がない気がするわ」

随分と低くなってしまった俺の視線より更に低くから、アリュエノは饒舌《じょうぜつ》に話し続ける。その様は、愛らしくもどこか皮肉げに感じる。

しかしその様子に対して、俺の思考に渦巻くものはただ一つ。

「アリュエノ――さん。いやお前、そんな性格でしたっけ」

「はぁん？」

目の前の彼女、アリュエノは怪訝そうな目つきでこちらを真っすぐに見つめてくる。その瞳の色や、容姿、姿かたちは紛れもなくアリュエノだ。しかし、何だろう。この違和感は。少なくとも俺の中でのアリュエノはそんな怖い言葉は使わなかった気がする。どういう意味だ、はぁん、とは。

「何を言ってる。此処からでてそれほど月日も経っていないだろうに。お前、幼馴染の性格も忘れたのか？」

ナインズさんは、すっかり呆れたような声だ。買い物籠から食料品や水をしまい込む手を止めて、アリュエノ同様に怪訝な目つきでこちらを見つめてくる。

そうか、いやそうだったか。救世の旅に同行した、詰まる所未来のアリュエノは清楚というか、慎みと慈愛を持ち、それこそ聖女と見まごうような女性像を体現していた。誰もがその姿を目で追わざるを得ない存在だった。幼馴染の俺ですら、久々に再開した時はその姿に見ほれたものだ。

思えばそのイメージばかりが先行し、子供の頃の彼女にも、そのイメージを当てはめてしまっていた。だが、違う。そうだ、そうだった。確かに子どもの頃、特に孤児院で共に過ごしていた時は、清楚というよりも溌剌《はつらつ》。慎みよりも活発さを是とする性格だったのだ、アリュエノという女性は。

「忘れたのなら忘れたで別に構わないけれど。人を見てとぼけた顔するのはやめた方がいいわ。それに、今は私より貴方ね。ぼろぼろになって、何処で何をしてきたのかしら」

じろじろと俺の身体に視線を這わせながら、アリュエノは眉をつりあげる。二人から奇異な視線で見つめられる状況に何とも居心地の悪さを感じないでもない。

「別に、なんでもありゃしませんとも。ほれこの通り」

軽く手足をひらひらと振りながら、二人の視線を払うように、孤児院の中へと入り込む。

内部は外見から比べて随分と手広い。大勢の子供たちを養い、時にその購入者達をも家の中に入れるわけだから、ある意味では当然だが。目ぼしい家具といえば、全員が囲めるような大きな木製のテーブル。座り込めば軋みだす椅子に、食器棚くらいのもの。だが子供の頃は、これでも豪勢な家に見えていたものだった。

久方ぶりの我が家とでもいうように手近な椅子に腰かけようとすると、ぐいと左手を引っ張られた。

「い、ッつぁ⁉」

瞬間、鋭利な刃物で裂かれたような痛みが肩口を襲う。次はこっちも、とアリュエノが無造作に右手を引っ張ると、右の肩口からも同様の痛みが走った。思わず歯を鳴らし、両脚を踏ん張って痛みに耐える。

流石に想い人の前では転げまわるのを我慢する程度の矜持が、俺の中にはあった。

「ほら見なさい。さぁ見なさいよ。これの何処が何ともないというのか教えて欲しいわ。ナインズさん、包帯借りるわね。ほら、ルーギス、ちゃんと座ってなさい」

目じりに涙を溜めさせられながら、大人しく椅子に座る。椅子から零れ出る、僅かに軋む音が懐かしい。ナインズさんは苦笑しながらアリュエノに包帯を手渡し、微笑ましそうに目を細めていた。

少し、ほっとした。心が納得したというべきか。ああ、確かにあの活発さと溌剌とした様子、そして慈愛の精神は、アリュエノの過去の姿に違いない。何とも間抜けな話だ。当時の俺は此処、孤児院に寄りつかなかった余り、想い人の姿まで半分忘れてしまっていたらしい。良き思い出として自分勝手に処理していたようだ。憐れにもほどがある。

かつての俺は立派な冒険者になると言い張って孤児院を出た手前、その惨めな暮らしを彼女に悟られないよう、ずっと此処に顔をだしていなかった。時折、アリュエノがよこしてくれた手紙を見て、その近況を知るくらいの繋がりだった。ああそういえば、当時はアリュエノが身請けされるという話を聞いても、見送りにすら来なかった。酷い話だ。なんとも、馬鹿々々しい。

こんなにも、掴みたいものが。こんなにも、共に在りたいものがすぐ傍にいてくれたというのに、何故素直にならなかったのだろう。

「ほら、無理をして。何か硬いものにでもぶつかったんじゃない？　此処、青くなってるわ」

肩口にゆっくりと包帯を巻きながら、アリュエノはぶつぶつと怒ったような口調で問い詰める。

その口撃を躱《かわ》しながら、紛らわすように駄賃で購入した噛み煙草を噛むと、余計にその怒りが悪化した。「そんな悪いモノを何処で覚えたのか」だの、「そんなのを噛んでも大人にはなれないわよ」だの、言いたい放題だ。アリュエノに言われたとしても、此れだけはそう簡単に捨てられない。冒険者生活の中で覚えた嗜《たしな》みというやつだ。

暫く小言を言い続けていたが、こちらが言い分を聞かないのが分かったのか、アリュエノは唇を尖らせながらも丁寧に、痛みを感じないよう両肩に包帯を巻いていってくれる。

想い人に治療をされるなんとも言えぬ心地よさに浸って、そのまま懐かしい時間を噛みしめる。何とも悪くない。アリュエノも、ナインズさんもいて、くだらない世間話で笑みを浮かべる。ああ、なるほど。未来の俺が失っていた幸福とはこれか。無様なものだ。

しかし、その中にもやはり何処かに、違和感は在った。確かに、活発で溌剌。それが過去のアリュエノの姿だったろう。しかしそれにしても、行きすぎだ。

「なぁ、アリュエノよ」

「どうしたの？　包帯の巻き方への抗議なら聞かないわよ。それとも、お礼の一つでも言いたくなった？　構わないわよっ！」

そう言いながらも何処か、浮ついた声の響きだった。煙草を噛み、唾を持て余しながら、口を開く。

「身請け先決まったんだろ。何処だよ、その場所」

「………………ナインズさん？」

アリュエノに視線を向けられたナインズさんは、私は事実を言っただけだと、その紫の瞳を逸らした。さも外の風景を見ている様だが、その窓からは隣の壁しか見えないはずだぞ。

「やっぱ無理してんじゃねぇか。健気って言えばいいのか、強がりって言えばいいのか。確かにかわんねえわなぁ、アリュエノ。お前はよぉ」

「むぅ……むしろ、何よ貴方のその余裕。小生意気っていうより、小賢しい。そう小賢しいわ」

不貞腐れたように肩を竦めながら、アリュエノの視線がうろつく。

余裕があるわけじゃない。ただ少し経験を積んだだけ。むしろ今だって、アリュエノの様子に気が気ではない。これが惚れた弱みというやつかと、我が事ながら目を覆いたくなる有様だ。

「それで、何処なんですかね、行先ってのは」

そういえば、当時の俺は知らないはずだ。事実、今だって俺は、アリュエノが何処に身請けされたかを知りはしない。

「変な場所じゃないわ。良いわ、望むならきかせてあげる。貴方なら構わないわ」

そう言いながらも、一拍言葉を置いて、アリュエノは呟く。

「身請け先は、大聖堂よ」

口元から、噛み煙草が、落ちた。

『新たな誓いと望まぬ再会』

「だ、大聖堂だぁ……？」

噛み煙草を床に落としながら、口を半開きにして目を丸める。

大聖堂。この国、ガーライストにおいて国王直轄の宗教組織であり、ガーライストにおいては大体の民は大聖堂教会に所属している。大聖堂という呼び名が定着する余り、本来の宗教としての名前、大聖教という呼び方は随分錆びついてしまっているほどだ。

当然俺もそうだが、特に神様だのに助けて貰った覚えはとんとない。酒場で聞く話じゃ、国王直轄ゆえの半ば治外法権組織として金を集めてる奴らだと聞いた覚えはあるが。

「そう、大聖堂。知らなかったのだけれど、私、魔術の素養があるらしいの。ええと、その育英の為とか言っていたわ。良いでしょう。色町や何処かの富豪に買われるよりは幸せだと思うの」

包帯を巻き終えると、早口にアリュエノは捲《まく》し立てた。一見して自慢げでもあり、何処か不安を押し殺すようでもあった。

頭は混乱したまま、今一働かない。大聖堂。それは勿論、身請け先としてはこれ以上ないほどの好条件だろう。他の貰い先のように、肉体や精神を酷使することはあるまい。

だは、やはり奇妙だ。大聖堂には、殆ど上級貴族かそれに等しい権限と、直轄地もある。何故それほどの組織が、孤児院の子供一人を急に囲い込む。

「……アリュエノの魔術素養は特殊らしくてな。大教皇猊下も、随分とお気にかけられているとの事だ。内部のことをよく知っているわけではないが、悪くはされないさ」

ナインズさんは、僅かに瞳を俯かせつつ、アリュエノの言葉に付け足すようにそう言った。

呆然としながら顔をひくつかせる俺の顔を、アリュエノが覗き込む。

「ほら、もっと喜んでもいいのよ。幼馴染が大聖堂にいくんだもの。存分にはしゃいでも構わないわ」

「……そりゃ普通のなら、喜びますけどね。今回の身請けはやっぱ、ナインズさんの伝手《つて》か、何かなんすか」

見つめる金色の瞳を受け止めながら、声を出す。そういう意図はなかったが、どうにも訝《いぶか》し気に疑うような声が出てしまった。

ナインズさんは、僅かに鼻を鳴らして笑った。

「何だ人を疑うような声を出して。勿論私だって善人ではないが、可愛い子供たちを陥れる悪人ではないさ」

切れ長の瞳を瞬かせて、ナインズさんも椅子に座る。その表情は平時の通りで、何処か掴み処がない。そうだ、昔からそうだった。何処までが冗談で、何処からが本気かがとんと分からない。だからといって信用が置けないわけでもない。妙に伝手もある。しかしそれがどういうものであるのかを語ろうとはしない。謎多き掴みどころない人。それがナインズという女性だった。

「ああ、そうだな。その通りだよルーギス。教会方面に話を通したのは私だ。しかし……まさか大聖堂そのものに囲われるとは私にだって分からなかったよ。このような事があるものなのだな」

その言葉には思わず頷いて同意した。

大聖堂とは二つの意味を指していて、一つは大聖教そのものを。もう一つが、大聖堂直轄地に存在する本拠地。ガーライスト王国各地に作られている教会とは一線を引く、大聖教総本山と言ってもいい場所を指している。

「大聖堂ってことは。アリュエノは北の果てまでいっちまうって事ですか」

「北の果てだなんて、大袈裟だわ。ちょっと花嫁修業にいってくると思えばいいのよ。ええ、構わないわ！」

ナインズさんが答える前に、アリュエノが言葉を食った。

落とした噛み煙草を拾う指先が震える。頬を噛みながら、人知れず脳内は動転した。

何てことだ。想い人に会えたと思えれば、その当人は遥か遠く、北の大地まで行ってしまうという。それも大聖堂となればそう簡単に会う事もできまい。本当に、手紙でのやり取りが精々だ。そうなってしまえば、次に直接会うのは、間違いない。救世の旅で、だ。

ダメだ。それだけはダメだ。もしそうなってしまえば同じことの繰り返しだ。あの男。救世者と名乗る男に全てを奪われる。それだけは受け入れられない。繰り返さない為に、俺は此処に舞い戻ってきたのだ。

唇をぎゅっと引き締めながら。目線を強める。身体は強張りながらも、頭は取り得る手段を探っている。

「……な、なんだか意外ね。ルーギスったらそんなに深刻な顔するだなんて。もっと気楽に受け止めても構わないのよ？」

それとも、私と会えなくなるのが寂しいの、と茶化すように、アリュエノは付け加えた
「当たり前だろ。そうじゃなかったら、こんな顔しませんっての」

首元を抑えながらそう応える。

アリュエノは驚いたように、寂しさと嬉しさを混ぜ合わせたような笑みを浮かべた。そこに嬉しさが入っていたというのは、俺の妄想でなければ良いが。

白い頬が、僅かに赤らんでいた。

「……ええ、構わないわルーギス、そんな貴方も。なら、立派な冒険者になりなさいな」

「そうだな、それが一番だ」

ナインズさんがそう付け加えながら、言葉を接ぐ。

「この国は実績をあげた冒険者には報いる所が多い。それこそ大聖堂に洗礼を赦された冒険者パーミリスの例もある。お前が冒険者として大成すればするほど、アリュエノにだって容易く会えるようになるさ」

簡単に言ってくれる。冒険者の世界なんてのは、肥溜めとそう変わらない。そこで大成するなんてのは、それこそ天に浮かぶ星を掴むようなもの。その間で幾らでも人は命を落とし、幾らでも落ちぶれていく。成功するには、実力だけじゃない、運命の女神と時勢の助力が必要な職業だ。

その場で立ち上がると、肩を軽く動かし、先ほどのように引っ張ってみる。痛みは、もうない。

「これやるよ、アリュエノ」

懐から、袋に入った練り菓子を、アリュエノに投げ渡す。彼女は動揺しながらも、胸元でそれを掬い上げた。

「好きだったろ、それ。今回の報酬はそれと、こいつで消えちまったよ」

噛み煙草をひらひらと掲げながら歯を見せて笑う。つられたように、アリュエノも笑った。

「本当、馬鹿よね昔から。ありがとう、じっくり味わって食べるわね。今日は泊っていくの？」

ナインズさんもその気でいたようで、ベッドなら空いているぞ、と奥の部屋を指してくれる。だがそんなわけにはいくまい。そう、こんな話を聞いた以上、過去の思い出に浸っているわけにはいかないさ。

「いいや。悪いがとっとと戻るさ。ほら、俺。冒険者として大成しなきゃならんからよ。次会う時は見てろよアリュエノ。もしかしたら騎士様になってるかもしれんぜ」

喉を鳴らすように笑いながら、はっきりとそう言った。

アリュエノは一瞬目を見開いて、戸惑ったような、だが何処か安堵したような表情を浮かべて、口を開く。

「そう、なら安心ね。待ってるわルーギス。じゃ、未来の騎士様にはこれをあげましょう」

細い指が手首に触れ、淡い赤のハンカチが巻かれていく。確かこれは、アリュエノのお気に入りだったはずだ。幼い頃から宝物のように大事にしていた覚えがある。

俺の戸惑ったような視線に気づいたのか、ハンカチを巻き終わった後、アリュエノはこくりと頷いた。

「良いのよ。あっちじゃ私物を持ち込めるかも分からないし」

それに、ね。と彼女は付け加えた。

「ふふ。貴婦人が騎士にハンカチを貸し、騎士はそれを身に着けて戦い、生きて戻り貴婦人へと返す。騎士道ロマンの常道でしょう？　私の代わりと思って傍においても、構わないわっ」

＊

「全く。やってくれんなぁ、本当」

街道を歩きながらも、手首のハンカチを見ると、思わず笑みが零れる。馬鹿みたいな話だが、アリュエノという存在を、其処に感じてしまう。

別に、過去に戻ったからと言って、冒険者として大成だなんて野望を抱いてはいなかった。所詮、俺が俺である事に代わりはない。知識があるからといって、凡夫が天才になることなんてあり得ない。ドブネズミは、美しい猫になる事はないんだ。

だが、こうなった以上そんな泣き言を言っている場合じゃないだろう。もはやそう成らねばならない。アリュエノに再び会う為に、同じ未来を繰り返さない為に。

そんな新たな志を胸に、酒場の扉を開く。

「おう、ルゥーギス……」

珍しく、殆ど自分から話したりはしないマスターが声を掛けて来た。咄嗟に目線をあげながら、顎を掻く。

「客だぁ……」

マスターの指が指し示す先を、つられるように見る。

店の奥の、上等なテーブル。そこには、顔に細い横線を入れたような、歪で威圧するような笑みを作った、カリア＝バードニックの姿が、在った。

決意を新たにして何だが、俺は此処で死ぬかもしれない。

『カリア＝バードニック再び』

「えぇー……では酒場決闘ルールに従い、カリア＝バードニック嬢。ルーギス両名の決闘を執り行う！」

リチャード爺さんの宣言と同時、途端に騒ぎ立てる野次馬。早くやれとばかりに酒入りの陶器をテーブルに打ち付ける者。良い肴《さかな》だと追加を注文する者。はたまた、どちらが勝つかに金を賭けだす者。その様子は様々だが、誰もが無責任に面白がってることは間違いない。

というかリチャードの爺さん、あんたは一体何をやってるんだ。明らかに賭けの胴元を取り仕切ってやがる。

「おうルーギス。骨ぁ拾ってやるからよ。せめて一合くらいは持たせろよ」

この悪辣爺にはもはや何も期待する所はないということがよく分かった。いや、分かり切っていたことに間違いはないのだが。思わず、深いため息が漏れる。

腰元に返ってきた二本のナイフは、魔獣相手に手荒に扱ったからかぐらぐらと揺れ動く。打ち合いなぞすれば、それこそ根本から折れてしまいそうだ。

ちらりと、決闘相手と指名されたカリア＝バードニックの様子を覗き見る。

ああなるほど。満面の笑みだ。しかもあれは喜色が含まれたものじゃない。悪だくみをしている時の笑みだ。救世の旅路でも、数度あの様子を見たことがある。

おかしい。何故、どうしてこうなった。俺は何も間違った事はしてないはずじゃあないのか。

＊

酒場に入り、笑みを浮かべたカリア＝バードニックに促されるまま席についた。他のテーブルより一段上。席料も通常より高いテーブルだ。俺は座った事もないが、騎士階級の彼女にとっては、大して高いものでもないだろう。

「えー……あの大型、どうやら無事討伐できたようで、おめでとうって言えばいいのかね」

「ああ。その報告書と、討伐の証として奴の魔核も騎士団に提出してやった。奴らは慌てふためいていたよ、バードニックの娘が功をあげたとな」

魔核。魔獣を司るモノ。魔獣そのものだという説もある。魔獣を殺した証明としては、これ以上のものはない。魔力が凝縮された物体で、未来では魔術運用にも利用されていた。

それを放り投げて来たと、カリア＝バードニックは冷笑するように吐き捨てた。思う所があるのだろうが、その深さまではは計り切れない。

始まりは驚くほど平穏だった。世間話の延長のようなもの、むしろ未来の俺は此処まで彼女と平凡なやり取りをしたことがあったろうか。そう思えば、ある意味怖い平和だ。

しかしそれも、二杯目のワインが運ばれてきた所で流れが変わった。

「それで。貴様はどうしてあの場を去った？」

「どうして、って。俺なんかがあそこに残ってても邪魔でしょう。大体、あんただって毎度邪魔だと……」

そこで口を塞ぐ。違う。俺の事を邪魔だと言い続けていたのは彼女じゃない。未来のカリア＝バードニックだ。少なくとも今目の前にいる彼女は、俺のことを邪険にしていた女ではない。同一人物であれど、だ。

カリア＝バードニックは訝し気に眉をあげながら、口を開く。

「貴様、森でもそうだったが時々わけの分からないことを言い出すな。私は見ていろと言った。しかし貴様はそれに逆らった。落ちぶれたとはいえ騎士階級の私の言葉をだ」

雲行きが悪くなってきた。なるほど。この女が、何を言いたいのかが、少しずつ分かり始めていた。

しかし、何故か。それはよく分からない。

「……この国では、上の階級の者のいう事に逆らった場合、懲罰を受けますね。それを受けろと？」

視線を低くしながら、心情を伺うようにそう言った。

確かに、慣習に近いがそのような法は生きている。だから、カリア＝バードニックが俺に懲罰を受けさせようと思えば、簡単だ。といっても、精々数日の重労働くらいだろうが。だが、言いつけを破られたことがそれほど腹がたったのか。やや疑問だ。俺の知る中でカリア＝バードニックという人間は、そんな細かなことに口を挟む人間ではなかったように思う。

「勿論そうしても良い。だがそれは余りに狭量だ。それに、私はそんな事の為に此処にきたわけではない。ただ、確かめに来ただけだ」

ああそうだと、思い出したように彼女は言った。

「貴様、名前は？」

「……ルーギス。ただのルーギスですよ。泥臭い名前ですけどね」

「そうか。ではルーギス。貴様に聞きたいことは山とある。だが重要なのは一つだけだ、貴様は、何故私を助けた」

あの大型魔獣へと、飛び掛かった事を言っているのだろう。

何故。そう改めて問われると難しい。あそこで飛び出したのは、衝動的な、刹那的な感情に揺れ動かされたようなもの。しかしそれではとても彼女が納得しまい。彼女が首肯し、手早くここから出て言ってくれる理屈をつける事の方が重要だ。

なにせ先ほどから周囲の客の視線が痛い。こんな所で女、しかも騎士階級と話していたなんてことが大っぴらになると、後でどんな災難が待っているかわかったものじゃない。

だから、この時俺は、軽々とこう応えた。

「そりゃまぁ、美しいお嬢さんがいれば、手助けするのが男の性ってもんなんじゃないですかね」

一拍、無音が二人の間に会った。そして、カリア＝バードニックは、その端正な顔つきから素晴らしく美しい笑みを浮かべて、言った。

「なるほど、侮辱だな」

「えっ……え？」

「マスター！　決闘の準備を！　この男はたった今私を侮辱した。決闘にてその決着をつける！」

彼女のよく通る、通り過ぎる声が酒場を撫でる。

酒の入った男達はその声と、決闘という単語にまるで熱にでも浮かされたようだ。即座にテーブルを引いて場所を作りながら、酒の追加を頼み始めた。

何故だ。何が侮辱だ、むしろ褒めたではないか。

「言っただろう。私は騎士階級だ。その私にか弱い婦女子に対するような言葉をかけるとはな」

頬がひくつく。上流階級の奴らはこれだから、苦手で仕方がない。

言葉の端を揶いあう様な事を日々やっている。そして、その整った顔つきに張り付く攻撃的な笑み。俺はこの顔の意味する事を知っている。このカリア＝バードニックがこの表情を浮かべる時。

それは――。

「貴様が勝てば、此度の一件は許してやろう。だが、私が勝ったその時には」

俺に対し、理不尽な意地悪さを発揮する時だ。

「貴様は私の下働きだ。容赦なくこき使ってやろう」

今、理解した。この女、俺がどう答えても同様の流れにする気だったに、違いないと。

『酒場の決闘』

最初の一合は、右肩を裂くような鋭い突き。小手調べなどという生易しいものでは断じてない。致命傷を避けさせながらも、確実にこちらを出血させるための一撃。半身になって躱しながら、一足距離を取る。

酒場での決闘ルールは単純。片方が血を流せばそれまで、決着はつく。命の奪い合いはしない、紳士的なルールだということだ。

わざわざカリア＝バードニックが魔獣から引き抜いてきた、二本のナイフ。これと彼女の銀色の長剣。このルール、否、間合いがものを言う武技の世界で、両者の武器の長短、この差はどれほどのものだろうか。

それは語るまでもない。当然、短いこちらの圧倒的不利だ。

――キィン。

銀色が空を切り裂く音を立て、軌跡を描きながら再度迫りくる。横腹をそのまま掠め取るような鋭さを持ったそれを、右手のナイフで軌道を合わせるように逸らす。かすり傷もこのルールでは許されない。そしてこの間合いの差、中へ、中へと入らなければ勝機などあるはずがない。

一歩、前へと出る。銀の軌跡は間断なく突きを繰り出し、数を追うごとに鋭さを増していく。引きの一瞬を見て歩数を稼ぐことすらままならない。繰り出される剣を左手のナイフでいなした次の瞬間には、肩口から切り裂かんと銀が空間を切り取る。もし、もしこの斬撃をナイフで受け止めてしまったらそれで終わりだ。その時点でナイフは砕け、致命傷とまではいかないが傷は負わせられる。

そうなればどうなる。こいつの下働き。ああ、それでは変わらない。かつての俺がたどった道と変わらないではないか。

銀の脅威は止まらない。むしろこちらに手数を出させぬ為止まれない。敵を跳ね除け、踏みつけにするためには連撃が良い。彼女はそれをよく知っている。

「ッ、ォおお!?」

今まで執拗《しつよう》に胴体を傷つけんとしていた銀色の線が、手首を標的にした。咄嗟に捻り、ナイフで弾き飛ばす。明らかに無理な挙動だった。ナイフの付け根がぐらぐらとその限界を教えだす。こんな小手先の技を使えたのか、この女。

＊

リチャードと呼ばれる老獪《ろうかい》は、顎元の髭を撫でながらその光景を見守っていた。

「どうした、もう終わりか？」

そう言いながら、カリア＝バードニックは僅かに荒れ始めた呼吸を見せぬよう、緩やかに息を吐くよう努めている。ルーギスが詰めた間合いも、また最初からやり直しだ。依然、彼女が有利である事にはなんら変わりはない。

「いやいや、勘弁してほしいぜ本当に。こちとらただのドブネズミなんでね」

ルーギスの挑発するような、それでいて間を取るような声は、酒場の静寂の中よく響いた。

周囲の空気は、当初のお祭り騒ぎから、二人の攻防を息を飲んで見守る様子に変化をみせていた。

誰もが最初の一合、もしくは二合で勝負は決すると、そう思っていた。当然、ルーギスの敗北でだ。ルーギスは駆けだしとも言えない、未だ大ネズミ退治やどぶ浚いで日々を生きている様な存在。冒険者と呼べるかすら分からない。

その駆けだしが、見習いとは言え騎士相手にわたり合っている。二本のナイフで、数え切れぬほどの合数を。巧みに手首を使いながら、長剣をいなし、逸らす。それは、簡単な事ではない。一度なら偶然、二度なら奇跡。しかし三度目も続くならそれはもはや確かな実力であろう。

理由が分からない。あまりに劇的すぎる変化だ。自分が此処を離れている間に、何があったのか。リチャードは面白がるように歯を見せながら、教え子の様子に喉を鳴らす。

だが理由などはどうでも良い。この悪辣にとって、人の判断基準は利用価値があるかどうかである。今までのルーギスは、良くて囮《おとり》に使われる程度。それは当然の評価であり、厳然たる事実だった。だが、今は。

――ギィィイン。

カリア＝バードニックの上段から叩き下ろすような一撃。とても決闘で使う様な武技ではない。戦場で鎧付きの騎士を、両断でもしようかという斬撃。静まり返った酒場の空気を切り裂き、ルーギスのナイフと接合する。

ナイフが、折れる。いかに巧妙にその強撃をいなそうが、接合時の圧から逃れることはできない。根本から刃は砕け、手近なテーブルへと突き刺さった。その流れのまま、銀色は横に薙がれた。いなすことはできない。完璧な連撃を前に、避けることもできまい。片方のナイフが折れ、不安定な態勢のままでは、抵抗すらできそうにない。

止め時かと、リチャードが立ち上がる。下手をすればあの騎士はルーギスを殺してしまうかもしれない。少なくとも今、ルーギスには利用価値がある。それに、不出来ながら己の教え子でもある。その彼をただ殺されるのは、リチャードとしても承服できない。勝負はついたと、一言そういえば良い。それでこの短い、いや、本来より随分と長かった決闘は終わる。

――しかし、未だその言葉は放たれなかった。

それは奇妙な光景だった。緑の衣服が、僅かに切り裂かれながら、ルーギスは横腹へと迫りくる薙ぎの斬撃を、弧を描いて打ち払う。半身をずらしてもう片方のナイフを長剣に合わせ、その軌道を変え、空へと切り払う。

驚愕。その一言をもって評するしかない。まるで長年の鍛錬の賜物のような動き。いやだとしても、今一見しただけでそのような動きが出来るはずがない。まるで、全てを察知していた、知っていたかのよう。この連撃の流れを。カリア＝バードニックという騎士の癖を知り尽くしているかのよう。彼女の表情も、その一瞬で愕然《がくぜん》としたものに変化していた。

間合いが、詰まった。

今まで開かれ、決して縮まる事のなかった間合い。それが、剣を打ち払われた一瞬に、ナイフの間合いへと変貌した。

長剣を切り払った流れのまま、カリア＝バードニックの肩口を斬るように、ナイフが線を描く。その軌道は見事。ナイフの間合いを生かした、相手への最短距離をなぞる一撃。

だが、カリア＝バードニックも凡庸な人間ではない。こと剣にかけては、容易く誰かを右に出す気もない。

切り払われた剣は宙空を舞いながらも、再度相手を斬獲せんと迫りくる。その膂力《りょりょく》と、行動は間違いなく日々の鍛錬と、彼女の才により培われたもの。凡庸であれば、ナイフの軌道に臆するまま間合いを取ろうとし、逃れられずに切り取られる。

ナイフの反射光が明滅しながら僅かに軌道を変えてカリア＝バードニックの首元へと吸い込まれ、同時、長剣の根本がルーギスの肩口を捻り潰さんと迫りくる。

一瞬。その瞬間にあるものはもはや因果だけである。優劣も、相性も、強弱も何もなく。ただ当然の原因と結果があり、その結末として、勝敗がつこうとしていた。

「――それまでぇッ！」

決闘の終わりを告げるリチャードの声が、酒場の静寂の中、響き渡った。

『奇妙にして面白味のない依頼』

「知らねぇ間に腕ぇあげたじゃねぇか餓鬼ぃ」

リチャードの爺さんの声を耳朶に受け止めながら、静かになった酒場で顔を洗う。客は帰り、後は個室に泊まる客と、テーブルや床で寝そべる者しかいない。

当然俺は後者だ。

「そうでもないっすよ。結局勝てなかったでしょ」

小さく刺すような痛みに耐えながら、顔に突き刺さった刃物の欠片を一つずつ取り除いていく。刃と刃を交わすような戦いをすれば、必ずこんな傷が出来る。毀《こぼ》れ傷、というのだったか。事、今回は間近でナイフが折れちまっただけに余計にだ。

「引き分けなら上等だ。見習いとはいえ、あの嬢ちゃんは騎士。それにバードニックの家名は芳しくないが、腕前は相当立つってぇ話だ。悪くない」

勝負は、引き分けだった。俺のナイフがカリア＝バードニックの喉元に、彼女の長剣が俺の肩口に、それぞれ当たる直前で止めの合図が入ったからだ。あのまま続けていれば、どうなったかは分からない。

俺が皮一枚切り裂けたかもしれないし、その前に肩を捻り潰されてたかもしれない。どちらの可能性も十分にあったと、そう思う。だがカリア＝バードニックはその決着にも納得をしたのか、妙な笑みを浮かべ、「決着は預けよう」と堂々とした足取りで酒場から出て行ってしまった。彼女なりに、引き分けという結果には受け入れる所があったのかもしれない。だとすれば、俺としては上等すぎる結果だ。

しかし、俺の中にはそんな勝負の高揚感よりも、不気味さ、奇妙さの方が胸中に湧いて出ていた。

「いやぁ素晴らしい。親がなくとも子は育つ。知らん間に教え子というのは育ってるもんだなぁ」

視線を、妙に俺を褒めたたえるリチャードの爺さんへと向ける。

この悪辣な爺さんが、何の裏なしに人を褒めたたえるとは到底思えない。つまり、何か裏があるのだ。間違いなく。むしろ、それを俺に悟らせようとしている節がある。この爺が本当に悪だくみをして俺を騙くらかすというのなら、きっと俺は気づかない内に落とし穴に脚を踏み入れている。

「……爺さんあんたまだ現役でしょ。人を使いすぎるのはよくないと思うんですけどねぇ」

顔を洗いきると、先手を打って言葉を返す。爺さんの身体は齢を重ね、髭も髪の毛も白くなった。体つきも、第一線の現役よりかは見劣りするかもしれない。だが老齢ながらも保持される隆々とした筋骨や、猛禽類《もうきんるい》のような目つきは、形容しがたい迫力をその体躯に与えている。詳しくは知らないが、昔は冒険者としても名を馳せ、国事にも絡んでいたとかないとか。まぁ、酒場の与太話でしか聞いたことはないが。

俺の言葉を聞いた爺さんはわざとらしく歯を見せて笑いながら、背を叩いた。

「よぉく分かってきたじゃねぇかルーギス……だが安心しろ、変な仕事じゃねぇ。それに、お前がまだ本当に使えるのかも分からん」

爺さんの言葉に、眉がぴくりと跳ねる。

「それは、使えると判断できれば良い仕事回してもらえる、って意味でいいのかよ、爺さん」

「本当に、察しが良くなってきたじゃねぇか、まるで以前あった時の餓鬼とは別もんだ」

目を狡猾に細め、歯を見せて笑う様は、まさしく悪辣と呼ぶに相応しい。とても善人には見えない。本来なら信じたいと思える人種じゃとてもない。

だが、より上を目指すのなら師事すべきはこの人間だと。リチャードの爺さんこそが最善だと信じる。

「で、何すりゃいいんだ。俺は冒険者として大成すると決めてるんでね。認めてもらう為なら危ない橋も渡ろうってもんだよ」

リチャードの爺さんは軽く顎髭を撫でながら、一瞬目元を歪める。こちらを推し量っているような、しかして思い悩んでいる様な。一瞬の間を置いて、老いたりとはいえ未だ精悍《せいかん》さが消えない声で言った。

「簡単な仕事だ。成功すればギルド長にも話を通してやる。概要から話そう――」

＊

俺は王都を出て、本当にあの爺さんを信じていいのか早速疑問を抱き始めていた。

「おい、まだか。暇だ。貴様何か面白いことでも話せ」

「そうですね、隣にいる女がふてぶてしいって話でもします？」

咄嗟に飛んでくる裏拳を、頭を逸らして避ける。この女は今も、そして未来も、行動のパターンが変わらないらしい。御者の暴れないでくださいよお客さん、なんて低い声が響く。

仕事の内容自体は、確かに簡単だ。封蝋《ふうろう》された手紙と物資を、西辺境のコーリデン砦《とりで》まで届けること。中身は決してみてはいけない。探ってもいけない。ただ届けるだけ。

なるほど確かに、信用を見定めるには良い仕事かも知れない。正直な所封蝋された手紙なんてのは触れる機会なぞそうなかったものだから、妙な高揚感すら覚えている。条件も良い。馬車代もなんとギルド持ちだ。いわば揺られているだけで仕事を達成できる。不安はあるが、これほど楽な仕事は当たった覚えがない。

不満があるとすればただ一点。何故、この女――カリア＝バードニックが同行しているのだ。この女、まがりなりにも騎士階級だろうに。何故ギルドの仕事に絡んでくる。

「理由はある。ただ教えることはできん。大体、騎士団にはギルドの仕事へ介入する権利がある、文句を言われる筋合いはない――まぁ、詰まらん仕事だが、私は謹慎中だしな、精々目付役とでも思っていろ。貴様に落ち度があれば全て報告してやろう」

にぃ、っと頬をつりあげるような笑みを浮かべるカリア＝バードニックを横目にみながら、封蝋を施された手紙に目を落とす。

封蝋を行えるのは、この国では貴族かそれに準ずる地位を得たもののみ。つまりこの封書は、何等かの伝令、指示をコーリデン砦へと伝える、上位系統からの命令書という事になる。確かに、そんな仕事なら目付の一人や二人、いてもおかしくはない。人選が非常に反応し辛いところだが。

しかし、本来このようなものは正式な伝令、早馬が用いられるのが常だ。それが行われないのには、それ相応の理由がある、はずだ。全ては推測でしかないが、それが彼女の存在に関わっているのかも知れない。

目を細め、軽く欠伸《あくび》をしながら運び荷から果物を一つ失敬する。赤く、果汁が詰まった良い果実だ。市場で買えばそこそこ値段がするだろう。歯を噛みしめれば、赤い果汁が口の中に広がっていく。

しかしこの依頼に何かあろうと思う反面、本当は大した理由でもないのではないかと勘繰りもする。何せ、依頼を受けたのは駆けだし冒険者、その目付けは謹慎中の見習い騎士だ。

とてもじゃないが、大事が手紙に託されるとも思わない。精々、定時通達くらいではないだろうか。

ひらり、ひらりと手紙を手の中で舞わせながら、依頼の真意を推測するように、飽きずに封蝋の印を見つめていた。

『血の色』

軽く、欠伸を挟みながら、沈黙に飽きて口を開く。唇が、僅かに濡れた。

「謹慎ってのはやっぱ、あれですか。大型魔獣の件の独断行動で？」

「うむ。如何に成果をあげようと、規律を破った以上は処罰をもって応じる。そうせんと他への示しがつかんのだそうだ。全く嘆かわしい悪習だと思わんか、貴様」

功には素直に名誉をもって応じるべきだろうに、と呟きながらカリア＝バードニックは苛立ったように唇を尖らせる。

はぁ、と生返事をしながら、言葉を続けた。

「そうなると、あんたみたいな物騒な人間が、無茶ばかりするようになるからじゃないですかね」

今度は拳こそ振るわれなかったが、肉体そのものを貫くような鋭い視線が、カリアの銀眼から放たれる。思わず背筋が、粟立つ。その視線は人間のものというよりも、もはや猛禽のそれだ。何時こちらの首に狙いをつけてきても、おかしくはないとそう思わせる。参った、どうにも俺の口は、こちらにきて随分と軽くなってしまったようだ。

だが、確かに彼女の行為は偉業である事に疑いはない。単身で魔獣を、それも大型のものを討伐したとなると、もはやその事実は敬意よりも大いなる驚愕をもって迎えられたことだろう。

そこが、その辺りの心情の機微が、カリア＝バードニックのような才を持つものには理解出来ないのだ。瞼を瞬かせ、僅かに視線を俯かせる。

凡庸な人間は、天才に敬意を示すと同時に、畏怖する生き物だ。恐れ、避け、時として迫害する。同様に凡人の俺には、彼女から報告を受け取った時の騎士団の手で掴むように理解できる。単騎で大型魔獣を討伐するなどと、そんな馬鹿な話があるか。もし、万が一、本当に事実であったとするならば。

それではまるで我々とは違う、人間とは違う、化け物の如きではないか、と。顔を青ざめさせたに違いない。

赤い果実を一つ、芯を残して食べ終える。赤い果汁が口に広がった。

「しかしまた何故あんな無茶を。腕試しなんてなら、他にも方法はあったでしょうに」

敵はでかいほど良いってタイプですか、と軽口を叩くと、馬鹿者、と呆れたような声が返ってきた。

「名声が必要だったのだ。お前もバードニック家の汚名は知っているだろう。それを雪《すす》ぐには、凡人がやるが如き道を辿っていてはダメなのだ。全ては父上……違うな、家名の為に。それが騎士貴族というもの。まぁ、貴様のような庶民には分からんだろうがな」

別に、分かりたくもない。肩を竦めて嫌味ったらしい言葉に応える。

カリア＝バードニックのような感覚は、孤児として育った俺には、分かる分からないの前に、実感が湧かない、というのが正直な所だ。家だの親だのというのは酷く遠く、掴みどころがないモノに思える。あえていうなら、ナインズさんやアリュエノがそれにあたるのだろうか。そう思うと、悪くないものにも思えてくる。

「しっかしなるほど、家と、親父さんの為、ね」

眉を跳ねさせながら、目を丸めてカリア＝バードニックの銀髪を見つめる。今一瞬、彼女から零れた言葉。父親の為。そんな人間らしい、といっては何だが。普通の人間のような考え、想いが彼女に在ったというのは、少々意外だった。

勿論、この女も救世者の男にはベタ惚れだったわけだが、それ以外では余り情のようなものを感じることはない、やはり何処か世俗離れした人間という印象の方が強い。

「いやいや、なるほど。良いんじゃないですかね。そういうのも、誰かに良い所見せたいってのも、人間らしくて」

「……おい貴様、何をそんな知った風な口を利いている。思っていたが、貴様、私に対して敬意が足りないのではないか？　庶民である貴様と、騎士階級の私。どちらが上かは子供でも分かるな、うん？」

僅かに怒気を含めた笑顔を浮かべて、カリア＝バードニックが立ち上がった。今此処で酒場での続きをしてやろうか、とでも言いたげな表情だ。思うが、この女のまともな笑顔をみた覚えがないな。

確かに、騎士階級に対する態度としては、俺のものはまるでなっちゃいないだろう。しかし、その相手が彼女、カリア＝バードニックとなると、救世の旅での事もあってどうしても仰々しく振る舞うのには違和感が付きまとう。

「お客さん。お願いですから暴れないでくださいよ。下手に動くと車輪がイカレちまうんですっ！」

「……承知した」

剣呑な雰囲気を感じ取ったのか、こちらを振り向きながら御者の親父が声を出す。その声に制されるようにカリア＝バードニックが身を屈めた、瞬間。

——ヒュウッ。

風を切り裂く音が、鳴った。

風切り音から一瞬遅れ、次に鳴ったのは、ぱぁん、と、モノが弾ける音。それは幌《ほろ》や、馬車の車輪などが壊れた音ではない。血肉が詰まったものが、弾け、飛び散る音。

反射的に、音が出た方角、前方を見やる。最悪だ。標的は馬を操舵する御者そのもの。先ほどまで言葉を交わしていたはずの御者の頭が、見事に一本の弓矢に射抜かれ、炸裂している。血が迸り、それらは風に揺られて飛沫となりながら、空気を赤く染める。鉄の匂いが、一気に周辺に漂い始める。

御者の身体は木偶《でく》のようになって力なく崩れ落ち、そのままの恰好で、馬車から滑り落ちていった。

「伏せろ貴様ァ！」

カリア＝バードニックの声に同調するように、馬車床に身体を伏せる。御者を失った馬は荒れ狂う様に荷車を揺れ動かし、床板は動力を得たとでもいうように跳ね狂った。

――ヒュッ――ヒュウーン――！


耳に、幾度も同じ音が響く。それだけで顔を青ざめさせ、膝を震えさせる音。

弓矢。こちらの手の届かない遥か遠方から、一方的に殺戮《さつりく》を行う無慈悲な武器。長剣ならまだ良い。槍だって許容しよう。しかしこれは、弓矢だけは手の打ちようがない。数が集まれば、それだけで敵を圧殺できる。こんな馬車の幌程度ではとても防ぎきれるもんじゃない。

何とか自分の身体を小さく縮こませ、荷物に身を隠すよう伏せ続ける。

後は、祈るだけ。ただ、耐えるだけ。

それ以外に弓矢に対して取り得る選択肢などない。幾らカリア＝バードニックが共にいようが、姿も見えず、手も届かない敵にはなにも出来ない。ただただ、相手の矢が尽きるか。こちらの命が奪われるか。その競い合い。

目を細め、声を潜ませながら、ただ、耐える。

――ヒュウ――ッ

風を切り、弾力をもって殺戮者となった矢は、無情に幌を突き破り、床板を破壊する。積み荷を、馬車を、馬を、無残に切り崩し、破壊していく。

＊

弓矢にその全体を射抜かれ、とうとう動きを止めた馬車に、ゆっくりと五頭の馬が近づいていた。五頭は例外なく、武装した男をその背に乗せている。

「――生き残りはいるか」

「おりませんでしょうな。ちと、やり過ぎだったかも知れません」

破れ朽ち果てた幌の中を遠目にみると、そこにはくっきりと朱色が塗りたくられていた。幌の影にはなっているが。その赤々とした色ははっきりと視認できる。

荷車をひいていた馬もとうとう暴れる事すらできずに力尽き、遺骸を晒している。余りみていて心地の良い光景ではない。しかしこれも、大義の前には必要な犠牲であると男達は判断していた。

馬車を襲った五騎は警戒するように各々武器を構える。槍を小型化し、より小回りを優先したもの。これであれば突如現れた敵にも十分に対応できる。

兜を被った男が言う。恐らく、彼が隊長格なのだろう。

「三名は周囲を警戒。あと一人は俺につけ。中を探る。作戦文書、もしくは準ずる何かを持っとるはずだ」

周囲を守る様に三名に警戒させ、隊長格の男と、部下の一人がすっかり朽ち果てた馬車の中へ足を踏み入れる。

中に脚を踏み入れた瞬間。うっ、と思わず唸る。

そこに広がるのは、赤、赤、赤。凄惨な戦場を見慣れた者でも思わず顔を顰める、そんな光景が広がっていた。中には、男と女。一人ずつの遺体。幌の影で、はっきりと確認できないのが逆に幸いかもしれない。

「しかし……これはやはりただの囮かも知れませんな。作戦文書を運ばせるには余りに無防備です。抵抗も皆無でしたし」

部下がそう告げながら、床板を踏みならす。

確かに、その言葉はすっと腑《ふ》に落ちてくる。むしろ襲い掛かる前からして、その公算の方がずっと大きかった。

しかし、だからといって見逃すわけにはいかない。もし、万が一とはいえその可能性があるのならば、網を張らねばならない。今回運ばれるはずの作戦文書の価値は、それほどに高い。勿論、情報が正しければ、だが。

「これですかな。男の近くに落ちとりました」

「ふむ……封蝋か。それらしくはあるが。真偽は分からん」

モノの真偽は、司祭殿に判断して貰わねばなるまい。そう呟きながら、兜の男は赤塗れになった手紙を掲げ、日に照らして軽く透かした。

妙な色だな。ふと、そう思う。血にしても随分と薄い赤。たまたま血のかかりが弱かったのかも知れないが、どうにも血にしては黒みが無い。崩れた馬車の中では影があり分かり辛かったが、こうして日に照らすとまるで何かの汁か染料のような――。

そう思い至った時――そこはもう間合いだった。

蛇が絡みつくように、背後から回された手が口を塞ぐ。目は驚愕に見開かれ、呼吸が乱れる。敵。何処に。誰が。倒さなければ。間に合わない。助けを――ッ！

一瞬の思考は全て無駄に終わり、声を出そうとする暇すらなく、喉元がナイフに切り裂かれる。肉を無理矢理に断裂する嫌な音が身体の内部に響き渡る。声にならない、声。視界には同様に、銀色の剣を喉から生やした部下の姿。襲い掛かっているのは、遺体となり、血まみれとなっていたはずの女。その血は、明るみにでれば驚くほどに薄い。血ではない。あれは染料、もしくは何かの汁。

最後に見た光景は、己の喉元から吹き出た血の迸《ほとばし》り。それはどす黒く赤い、よく見慣れた血の色だった。


『辺境砦コーリデン』

――銀の長剣は瞬きながら、馬と、馬上の人間を切断し、ナイフは赤黒く刀身を濡らして再度首を刈り切った。

それは見事極まる奇襲であり、逃れたのは僅か一騎。彼は後ろを振り返ることもなく脱兎の如く逃げ延びた。息は切れ、その脳内を駆けまわるのは恐怖そのもの。それを二つの人影は見送った。何か口上を垂れるでも、追うのでもなく。その静けさが、更に不気味だった。

そして生き延びた彼は後に、こう語るのだ。俺は赤黒い悪魔と、銀髪の魔女に襲われたのだと。

＊

慣れない馬の振動に揺られながら、鼻を鳴らす。悪い噂でもされているのだろうか。

命は何とか拾ったものの、身体中至る所が切り傷擦り傷だらけ。裂傷が与える痛みに思わず歯噛みする。

加えて、髪の毛にまで降りかかった果汁が、時を経るごとに強烈な匂いを発し始める。悪臭には慣れているが、こうも甘ったるすぎる匂いが過剰なのも逆に拷問だ。

「しかし貴様、冒険者なんぞより、アサッシンの方が向いているのではないか」

臭いに耐えかねるように鼻を何度も鳴らしていると、すぐ目の前で馬の手綱を握っているカリア＝バードニックが振り向いてそう言った。

大きくため息を吐きながら、への字に口を曲げて目を向ける。

「そう馬鹿にした事でもない。奇襲や暗技にも、必要なセンスはある。呼吸、タイミング、運。貴様のそれは中々のものだった。まるで訓練を受けたものの動きだ」

鼻に皺を寄せながら目を瞬かせる仕草。まるで、好奇心を擽《くすぐ》られた猫のような様子だった。

「……冒険者なんて仕事やってると、どうしても後ろ暗くなるんですよ。俺は特に無駄な正面衝突は御免ってな性質でして」

落とせる範囲の果汁だけを拭い、同時に血も払う。馬上で払うものだから道端に飛び散るが、そのままにしておくと鉄臭さと甘い匂いが混じり合って、鼻が馬鹿になりそうだった。

「それより、一騎逃がしましたし、さっさと行きましょうや。此処から追って来られると面倒でしょう。次はこう上手くいくわけありませんから」

「――承知した。流石に徒歩で騎馬の相手なぞ、好んでするものではない。掴まっておけ」

それは決して、奇襲とはいえ騎乗者と馬の首をそのまま両断したものの言う事ではないと、そう思う。この女、知らないだけで遠い先祖に巨人族でもいて、先祖返りを起こしてるんじゃあないだろうな。

カリア＝バードニックが手綱を強めながら頷き、それに応じるように腰に掴まる。その手ごたえは妙に細く、頼りがいがなく。何とも、この女もやはり普通の女とそう変わらないのだと認識してしまう。当然といえば当然ではあるが、不可思議な違和感と気恥ずかしさが在った。

「しかし、よもやこのような街道で襲われるとはな。国の治安も荒れ果てたものだ。騎士として、情けない。騎士団の方針は、王都とその周辺のみが国だと言わんばかりだ」

それは憐みと、自戒を込めたような言葉だった。

この時代の治安が、とても安全とは言えないものであったのは、一つの事実。そうして、恐らく先の襲撃者の親玉。その者を主因として、国全体が揺るがされ、更に荒れ果てるのも、また俺の中では過ぎ去った事実の一つでしかなかった。

ああ、恐らく今回も、そうなるのだろうな、と。知らぬ内そう純粋に受け止めていた。

兜を被った司令官らしき男。その男が大事そうに指につけていた、刻印が施された指輪。混乱に乗じて失敬したそれを、そっと懐に忍ばせたまま、カリア＝バードニックの言葉に軽い返事で言葉もなく頷いた。

目的地であるコーリデン砦は、歴史に取り残された遺物だ。

建築王の名を持つ先王の時代に多くの砦や関所、防壁は建て替え、再度の整備がなされた。莫大な財産と税を以て行われた大事業は、当時こそ悪政と罵る声もあったようだが、三度の異民族の侵略、二度の外敵の大侵攻を防ぎきれたのは間違いなく先王の功績だ。

そして、その功績からも置き去りにされたのが、この辺境砦コーリデンに他ならない。

山岳を背にしたその地形ゆえ守りやすく攻めづらい。歴史上は西方との戦いで幾度もその名が挙がるこの砦だが、西方の連合諸国との関係が友好関係に転じた時代から、とんと活躍する事はなくなった。

今では、此処に連れてこられるのは体のいい左遷だそうだ。

「しっかし。妙に手早く通してもらえましたね。愛想は最悪ですけど」

俺達こんな恰好なのに、と血しぶきと果汁に塗れたぼろ布を見せる。

中は外から見た光景通り、石と粘土で作り上げられた砦。所々が劣化しており、埃臭く、面会室だというのに雰囲気はどうにも暗い。面会室といっても、殆ど使われはしないのか。それとも、俺達にはこの程度の部屋で十分ということなのか。

俺の軽口に、カリア＝バードニックは妙に緊張した面持ちで唇を動かす。

「……そう、だな。無礼にならん程度に、体裁は整えておけ。手紙は？」

懐から取り出したそれは、ぐちゃりと皺がよっており、果汁が染みてもはや手紙というより、何かの襤褸《ぼろ》とでもいった方が通用しそうなほどだった。

カリア＝バードニックは手紙を奪い取ると、眉間に皺を寄せながらせめてもと皺を整える。やけに健気だ。

しかし、伝令文を届けにきただけだというのに、何を待たされるのだろう。鼻を掻きながら首を傾げる。冒険者なんてのはどんな仕事を受けていても、正式な面通りを許されることは少ない。精々、見張りか、その上官に手紙を預けてそれで終わりと思っていたのだが。

これも、彼女の存在ゆえだろうか。ちらりと、視線を向ける。

「……ああもう、もう少し丁寧に扱え……っ」

やはり、そうらしい。歪に身体を強張らせたカリア＝バードニックを見て、顎に手を置く。そういえば、彼女も用件があってこの仕事に同行したはずだ。であれば、この面通しは彼女の用事が関わっているとみて間違いないだろう。

だがまぁ、俺は返してくれてもいい気がするが。全く関係ない冒険者を通してどうするというのか。

――ギィィイイ。


木製の扉が、酷い軋みをあげて一人の人間を吐き出した。

険しいとすら思える鋭利な目つき。右目に大きな傷を作り、その衣服は俺のような襤褸衣とは比べ物にならないほど、整えられたもの。豪奢《ごうしゃ》とは言えないが、質が庶民のものとはまるで違う上等品。華美にならない程度の装飾品が、品の良さを際立たせている。

そして何より、その腰に携える金細工を施された剣と鞘。そこに形作られた紋章。間違いない、この人物は。

「――お久しぶりです、父上」

カリア＝バードニックが膝を付き、頭を垂れながらおとなしい声で、言った。それに倣う様に、石畳に膝をつく。

「公職の場でそのように呼ぶなといったはずだ、カリア」

間違いない。この人物は、カリア＝バードニックの父親。

バードニック家現当主。バーベリッジ＝バードニック、その人だ。

『父と娘』

バーベリッジ＝バードニック。バードニック家現当主にして、カリア＝バードニックの実父。

かつての頃にも、彼の事はある程度ではあるが聞き及んでいた。

騎士階級へと転落して以来武を重んじて来たバードニック家の中では、珍しく芸術や政治に造詣《ぞうけい》が深い人物であったらしい。

しかしその右目を縦に引き裂くように刻まれた戦傷と、泣いた子を更に泣かせそうな顔つきを見ると、本当にその情報が正しいものなのか、どうにも疑問が湧いてくる。むしろ第一線で戦うことこそが生きがいと言われた方がよっぽど納得しやすいというものだろう。その胸に刺繍されたコーリデン砦総督の証、剣と鷹の装飾が妙によく似合っている。

バーベリッジ＝バードニックは、無造作に俺の方を指さして言った。

「カリア、此れは貴様の従者か」

「はい、父上――失礼、閣下。正式なものではありませんが、似たようなものです」

今さりげなくこいつとんでもない発言をしなかったか。

目を丸めながら床の石畳を凝視する。今すぐに口を挟んで訂正を挟みたい。どの部分を取っても俺が、カリア＝バードニックの従者になったような大事件はなかったはずだ。

しかし、今は声を出す所か立つことも、下手をすると顔をあげることも許されやしない。騎士階級の当主相手に庶民がそんな事をすれば、喜んで相手は首を掻っ切ってくれるだろう。そこには情だとか利害だとかが絡むものではない。貴族社会、騎士社会、果ては庶民に至るまで。その上下関係を明確にする慣習のようなものだ。

バーベリッジは大きくため息を吐きながら、声を俺達、正確にはカリアに向けて突き付けた。

「みすぼらしい従者を拾ってくるものだな。お前らしいと言えば、まぁらしい従者だ」

それは、どういう意味だろうか。唐突に投げかけられた言葉に、頭が謎を掲げる。カリア＝バードニックが奇特な性格という事だろうか。それならば、確かに否定できない所ではあるが。しかし、今のは一つとる所が変われば――彼女に対する侮蔑の言葉にも聞こえる。

その声色も、まるで父親が娘にかけるようなものには思えない、酷く低く、情の籠《こも》らないものだった。

「恐れながら申し上げます――お言葉ですが、この伝令書を無事届けられたのには、彼の者の働きもありました。物の役に立たぬわけではありません」

そういって、カリア＝バードニックが少し身体をずらし、手紙を懐から取り出す。しわくちゃにはなっているものの、彼女が整えたお陰だろうか、少しは真面な見た目になっていた。

一先ず、これで仕事は終わりか。正直、ほっとした。感づかれないように吐息を漏らしながら、僅かにだけ視線をあげて、手紙を受け取ったバーベリッジの手元を見る。

後は形だけの賞賛か、もしくはご苦労の一言だけでも受け取って――そう、思っていた時、唐突にバーベリッジの大きな両手が、届けたばかり、僅かに赤い果汁が染み込んだ伝令文を、音を立てて破り捨てた。

「——ち、父上ッ⁉　な、何をされるのです！」

「馬鹿者。ギルドを通しての仕事で、本当に伝令書を持たせるものか。物分かりが悪い……これは偽書だよ。理解しているものと思っていたがな」

酷く落胆したような。むしろ、あえて冷笑しているような色を含ませているのではないかと勘繰らせるほどの様子で、バーベリッジは言葉を接ぐ。

「私の娘だというのに、貴様はそういう所の計算が昔からまるで出来ん。私が何故、此度の仕事に貴様を就けさせたかも、わかっておらんだろうな、その様子では」

「……では、騎士団からの命令ではなく、これは……閣下の思し召しで」

カリア＝バードニックは俯き、声を弱弱しく震わせながら、父親からの冷淡な言葉に耐えている。動じずにいようと奮い立たせている様だが、悲しい程、その動揺が背中に見てとれた。

そして言外に問うている。何故、と。

「分からんわけではあるまい。忘れたとは言わさんぞ。大木の森へ、ギルドの禁を破り入り込んだことをな。全く、馬鹿娘めが。私、いやバードリック家がどれ程の奔走をさせられたと思っている。今回の事を良薬として自重を覚える事を願いたいものだな、カリア＝バードニックよ」

胸に動悸が走る。手足の先にまで血流が循環するのが、不思議なほど意識された。

「良薬……閣下、それは。賊に襲われる事を……ご承知だったと、いう事ですか」

バーベリッジは答えなかった。違う、その沈黙が答えそのものだった。

彼は分かっていた。当然に理解していたはずだ。襲われたのはこの砦近郊。砦の総督である彼は、周辺の治安など手に取るほどに理解している事だろう。

であれば、理解していたはずだ。娘が、野盗か何かの襲撃を受けることを、下手を打てば、命を失っていたことを。背筋に冷たいものが走る。骨髄にナイフか何か、鋭利な刃物を突きさされ、抉られるような心地。

「……言っておこう、カリア。もう二度と家名に泥を塗るような事をするな。貴様が無理をしでかす度に、そのしわ寄せは家に至る。いいか。私にもう同じことをいわせるな。あのようなみっともない真似はやめろ。お前は大人しく私のいう事を聞いていればそれで良い、分かるな」

出来の悪い娘だとは思っていたが、そう呟きながら、バーベリッジは踵《きびす》を返す。もう言葉を交わす必要はないと、そう言っているようだった。

咄嗟に、顔をあげる。カリア＝バードニックは、一見極めて冷静さを保っているかのように見える。それは彼女の気丈さゆえだろう。だが、やはりそれは表面に張りつけただけのものに過ぎない。

背中は震え、身体は強張り、頬は青い。

だがそれでも、姿勢を崩すことは許されない。上位の者に対しては、顔をあげることも、自ら声を出すことも許されず。立ち上がるなんてもってのほか。そう、こうしてあいつが出ていくまで、俺達は跪《ひざまず》いているしかない。冷たいはずの石畳の感触が、妙に熱く思われる。

不思議だ。不思議なほど、瞳に映る視界は鮮明で、思考は明瞭だった。

当たり前、か。

＊

カリア＝バードニックは石畳に跪いたまま、そう心の中で呟いた。自分が何を思い、どう足掻こうが、それは父上にとっては目障りでしかないと、よく理解していた。子供の頃から、他の大人しい姉妹と違い、剣を持つ私は父上にとって異物だったに違いない。

いや、違うか。奥歯を噛みしめ、感情を抑えるようにしても、思考が不思議と巡っていく。最初は、目をかけてくださった。男子に恵まれなかった父上は、まるで男のように振る舞う私を褒めてすらくださった。ああ、そう——男子に恵まれるまでは。

きっと、先ほどの言葉は真実だろう。カリアは心の奥底でそう理解した。私の事なぞ、みっともない娘だと、そうとしか、思っておられない。たとえ賊に襲われ、あわや命を失ったとしても構わない程度の存在であるとしか、認識されていない。

自分が情けないと、カリア＝バードニックは膝を震わせた。言いたい事も、伝えたいことも、山とある。しかし、もう出ていこうとしている背中に言葉をかけることすら、自分には出来ない。

バーベリッジ＝バードニックの手が、ドアの取っ手にかかる。

それに合わせて、背後から大きな、まるで周囲に響かせるように吐き出された息。そして同時、すっくと大きく立ち上がる人影が、カリア＝バードニックの視界の端に映った。

『敬意』

「その忠誠心は評価しよう」

カリア＝バードニックが譲られたであろう銀髪を揺らして、バーベリッジ＝バードニックは目を見張った。とても言葉を選ぶような言葉遣い。娘に対していたのとは似ても似つかないほど、丁寧に口を開く。

「主を侮辱された事に憤怒する。美しい忠愛の心だ。だがそれは……分かっているのか。その行為は即ち、命を代償とするということだ」

上位の者の許しなく、立ち上がり、言葉を発する。本来であれば、このような問答は不要。今及んだ行為だけで、俺の首を掻き切る権利をこの者は持っている。支配する者の権利を。

「分かっていないのならば、一度は見逃そう。膝をつき給え。全てを承知した上での行為ならば、その忠誠に免じ言葉を発する事を赦そう」

その丁寧な言葉と心遣いは、本当に他者に敬意を差し出し、言葉にした通り健気な忠誠心に胸打たれた故だろうか。それとも、ただただ、胸中から零れださんばかりの苛立ちと、憤慨の心を抑え込むためのものだろうか。バーベリッジは顎を撫でさすりながら、口を引き締める。真意は、見て取れない。

分かるのは精々、少なくとも自身を寛容に見せようという素振りはあるという事だけ。

しかし、何とも大いなる勘違いというものだ。忠誠心だの、忠愛だのと。

「俺は別にカリア＝バードニックの従者でもなんでもない。忠義も何もあるものか。俺はこいつが大嫌いなんだ。酷く勘違いしてるぜ、バードニック卿。それに、それにだ。人が誰かの為に動くなんてことはない。絶対に」

カリア＝バードニックが蒼白な顔でこちらを振り向いている。体躯は硬直して動くことが許されず、彼女には珍しいほどに動揺している。

だがもう遅いぞ、カリア＝バードニック。言葉はすでに口から滑り落ちた。

「俺は俺の為に立っている。バードニック卿の為でも、カリア＝バードニック嬢の為でもない。俺の為に、俺は今立っているんだ」

そう、人が誰かの為に動くなぞあるものか。結局は自身の生活、矜持、利害の為。だからこれは、何でもない。ひたすらに、俺の為だけの言葉だ。

「俺の心は今、深く昏い絶望の中だ。貴様の所為で、分かるか、バーベリッジ＝バードニック卿。あんたは俺の敬意を踏みにじった。土足で！　何の遠慮もなくだ！」

末期に、噛み煙草を咥える。鼻孔に漂う独特の香り。実に、ああ実に清々しい気分だ。覚悟だ。これは覚悟に他ならない。今、俺の心は間違いなく死を覚悟している。その上で、言葉を紡いでいる。だからこそ、こんなにも清々しいのだ。

「――なるほど、君も主に似て愚か者という事か」

安心しろと、尊大に男は言う。貴様の行為で死ぬのは、貴様だけだと。主を庇う必要はないと。

「だから勘違いだと言ってるじゃあないか。俺はね、尊大で、人を気遣う事も出来ず、弱者を踏みつけにする事しか考えていない。ああ、反りなんざ合うはずもない、そんな女は大嫌いなんだ。だが、だがな――」

――その剣は紛れもなく本物だった。

歯を剥き、俺の大声を聞いて駆けつけてくるであろう衛兵が来る前に、言葉を紡ぐ。

これでは足りない。俺の胸中を占領する憤慨を、一かけらであろうと言葉で表現が出来るだろうか。それだけが不安だった。

「お前みたいなのには、分からんだろうさぁ。振るった剣を嘲弄される屈辱を。己の努力を踏みつけにされる憤慨を」

ああ、何たる屈辱か。何たる憤慨か。その剣を得るために何度も辛酸を舐めたことだろう。幾度も泥を這いずったことだろう。これは敬意だ。俺はカリア＝バードニックのその一面にのみ心からの敬意を抱いている。その剣が、煌《きらめ》く才能のみではなく、人道を超えた努力の上に成り立っていると知っている。

だが、この男はあろう事か。その剣を侮辱した。その偉業を踏みにじった。ああ、よりにもよって――。

「それを……よりにもよって、実の父親が娘に向かってだ！　腸が煮えくりかえる思いだぜ……お前は俺の敬意を踏みにじった！」

言葉の一つ一つが、喉奥が熱くなったようになって吐き出される。止まらない。止まるはずがない。俺は真実、今胸を焦がして怒り狂っている。分からない。嫌な女が罵倒されたのなら、その内容はどうあれ心の中で喜んでいればいいはずだ。だというのに、どうして。

「──それで、終わりか。君の独白は、覚えておこう。衛兵」

息を荒げながら、大音声を耳にした衛兵が数名駆け付けてくる。その表情は焦燥に満ちていた。だが、どうでも良い。そのような事は、今の俺にとっては些事《さじ》でしかない。まだだ。まだ足りないとも。俺の怒りは、憤慨はこのようなものではない。バーベリッジ＝バードニック卿に対しての敵意はこのようなものでは晴れ得ない。

「いいか、お前は何があろう──っ……と！」

首に、異物がめり込む。カリア＝バードニックが、目を細め、歯を噛みながら、その鞘を振るった。不思議と、その瞳が潤んでいる様に、見えた。

呼吸が瞬間的に断絶され、眼前は真っ白に崩れ去る。何をする、カリア＝バードニック。俺の邪魔をするんじゃない。ああ、嫌いだ。やはりお前の様な女は、嫌いだとも。

身体を床に叩きつけられ、そのまま俺の意識は冷たい石畳に吸い込まれるように、消え失せていった。

＊

「——衛兵。この狼藉者を牢へ」

カリア＝バードニックの冷徹な声が部屋に響いた。

まるで獣のような荒々しい声を耳にし、ただ急いで駆け付けた衛兵には状況が分からない。ただ狼藉者とは、恐らくあれに違いなかろうと、緑の古着を来た男を二人で抱え上げた。

「ならん……この場で首を斬れ」

それを押しとどめた、厳格さを帯びた声。コーリデン砦総督、バーベリッジ＝バードニックの声だった。

「カリア。それが、此の者の意志だ。むしろ此処で情けをかけるのは、此の者への侮辱に他ならない」

「——承知しております。その上で閣下、お願い致します」

再び、深く、カリア＝バードニックは傅く。まるで石畳に額がつきそうなほどに。その姿は一見すると懇願する弱弱しい姿。しかしその姿勢には、何処か一貫した強みを感じる、不思議な姿だった。

「道理で言えば、確かにこの者は閣下に無礼を働いた大罪人。しかし、此の者は私の従者。であれば、その罪を贖《あがな》うは私の役目かと存じます」

それもまた道理かと、とカリア＝バードニックは言う。

「……やはり貴様は、私には理解しかねる。それで、何を差し出す。私と貴様の間に、情や親子の縁で通せるものがないことは承知しているだろう」

紛れもない取引だった。親子の、父と娘の間で取り交わすものではない。利害関係があるもの同士が行う、明確な取引。

「はい、閣下。私は――閣下の、かねてからのお言葉の通りに」

顎を下げながら、冷静にと努めた声で、言う。それは、ある意味で己との決別。己の分身を、捧げる行為。

カリア＝バードニックの胸中は極めて複雑だった。何故、私はそうまでせねばならないのだろう。こんな男を、何をもってして、庇いたてなくてはならない。無礼な、本当に無礼な男だ。人の事を散々に罵倒しておき、まるでいない者かのような扱い。無礼極まる、匹夫《ひっぷ》の勇《ゆう》。

だが、それでも――きっと私は、彼に死んで欲しくないと、そう願う。何年後にも、何十年後にだって、この判断を後悔しない。そう信じる。

「――貴様の意はくんだ。では、衛兵。鞭打ちの上、その男は放りだせい。死なん程度に、だが加減はいらん」

親子の短く、しかして熾烈《しれつ》なやり取りを前に混乱を極めていた衛兵も、ようやく正常な指揮を与えられて、即座にその行動を取り始めた。緑の男を抱えたまま、面会室から早足にと去っていく。

「そして、カリアよ。貴様は――」

その先の言葉を、カリア＝バードニックは知っている。何故なら、父はかねてよりそれを望んでいた。今まではそれこそ、己の意志と、騎士団における保護権を盾に、跳ね除けていたに過ぎない。

「――即刻、騎士団を退団し、領地へと帰還せよ」


『カリア＝バードニックは嫌な女だ』


呼吸をする度、喉に痛みが走った。

指先を僅かにでも動かせば背筋に針を幾千も突き刺したような感触に襲われる。背の皮は破れ、剥き出しになった血肉が俺を苛む。

どうしてこのような苦痛のただなかにあるのか、痛みならば一瞬であったはずだと、瞼を閉じる。それともあの侮辱に対し、バーベリッジ＝バードニックは俺を苦しみぬかせて殺すことを選んだのか。それも無い話ではあるまい。

地下牢の空間そのものが冷徹になってしまった感覚を、息苦しい空気とともに吸い込むと、また喉に痛みが走った。

「――馬鹿な事をしたものだ」

カリア＝バードニックか。そう言葉を紡ごうとしたが、碌に言葉が出ない。口からは僅かな嗚咽《おえつ》が這いずるだけで、痛みに震えた声のようにしか聞こえないだろう。視界も悪い。目を開ける動作そのものが億劫で、衛兵に殴られた時まぶたも腫れてしまった。

「良い、喋るな。全く、貴様は馬鹿だ。命を賭ける必要など何もなかっただろうに。馬鹿め。馬鹿者め」

耳だけが不思議と明瞭で、カリア＝バードニックの俺を罵倒する声だけがすらすらと入ってくる。ああ、幾らでも反論してやりたいが今の俺にはその術がない。

「目も開かんか……全く、口は開けるだろう、痛むだろうが我慢しろ」

木製の容器を通じて、口内に、どろりとした、えぐみと苦みを押し固めたような粘液が押し込まれる。純粋に人を苦しめることを目的としたような粘液に思わず全身が悶え、傷口に痛みが走った。

加えてゆっくりゆっくりとその粘液は喉に流れ込んでいくものだから、何時までもえぐみが残る。

「本来は練り固めて使う薬草だが、今はそちらの方が飲みやすかろう。完治とは行かんが、傷口が膿んだりするような事はないはずだ」

薬草、なるほど。何時もは丸薬としてしか使っていなかったが、それをペーストするとこんな味になるわけだ。もう二度と薬草を見たくなくなる。舌は幸い不味いものには慣れているが、こんないやがらせのように舌を這い滑っていく苦味は初めてだ。

「……明日朝、砦裏の小屋近くに馬を繋いでおく。貴様はそれを使って帰れ。任務はもう終わりだ」

布が、傷口に巻いていかれる感触がした。これは、治療をされているのだ。かつてアリュエノが俺にしたように。不思議だ。カリア＝バードニックからの優しさになぞ、かつての俺は触れたこともなかった。与えられたのは、侮辱と暴力だけでしかなかった。

だというのに今となっては、彼女への暴言に憤激し、その結果彼女に治療を施されている。我が事ながら、頭がおかしくなってしまったのではないかと疑う行動だ。

「無茶をして……だが、目が見えないのは丁度良かったな」

何が、丁度良かったのか。聞き返すことは出来なかったが、そのままカリア＝バードニックの細い指先が傷口に優しく触れ、布で覆っていく。

「私は……ああ、此処に残る。騎士として、第一線での仕事を任された。だから、もう貴様に会う事はないだろう」

独り言のように、カリア＝バードニックは言葉を続ける。

その言葉には彼女の気丈さと、繊細さが同居していた。事情は知らないが何かを押し殺し、言葉にするのを戸惑う様な口ぶり。その様は紛れもなく、彼女の胸に抱かれた気高さを示している。

ああ、なるほど。俺はこの気高さにこそ、敬意を抱いたのだ。

カリア＝バードニックという人間は善良とはとても言えない。弱者に対する、暴力的なまでの差別主義者ですらあるかもしれない。だがその心は、紛れもなく気高く、尊い。

「では。達者でな。貴様の名前は覚えておこう、ルーギス。簡単には死ぬなよ」

布を巻き終えると、未だ呼吸が整わない俺の髪の毛を一瞬掬い上げ、カリア＝バードニックが言った。

何を、言っている。勿論、俺はお前に会いたいとは思えないが。よもや今生の別れというわけでもない。この砦だって、王都から来ようと思えば来れる所だ。第一、カリア＝バードニックの栄光は未だ終わりではない。この後、内外の脅威に対する喧伝として開かれる剣術大会に出場し、その実力を国内に知れ渡らせ、騎士団での地位を確固たるものにするはずだ。

俺はその事実を知っているというのに。だというのに、何故だろうか。その言葉が本当に、永遠の別れのように聞こえてしまったのは。


――本当に、目が見えなくて良かった。私は、今とても見せられる顔じゃなかったからな。

痛む喉は疑問を発することもできず、彼女を呼び止めることもできず。

その言葉だけが地下に響き、足音と共に、カリア＝バードニックは立ち去って行った。

*

「酷い恰好だが、よくやった。この依頼から生きて帰れるなら、上等だ」

馬に揺られて飲まず食わずで王都に帰還した時、耳に入ったリチャードの爺さんの賞賛は全く心に響かなかった。

全身の腫れは引いたが背中の痛みは未だ残ったままであるし、危ない仕事ではないと言ったのは何処の誰だっただろうか。

「危険な仕事ってぇのは、戦場のど真ん中に連れてかれたり、誰かを殺して来いっていうような仕事さ。今回の件は……まぁ、五分五分ってとこだろ、危険はよ」

「俺が馬鹿だったよ。あんたの言葉を鵜呑《うの》みにしたってとこが……あぁ、そういやカリア＝バードニックは砦に残るってよ。報酬はそっちに送ってやってくれ」

命の危険に二度も晒されたにしては、流石に安い報酬を布袋に受け取りながら、そう言った。治療してもらった恩もある。俺があの砦に行くのは流石に危険だろうが、報酬を送ってやる事くらいは出来るだろう。

だが、それを聞いたリチャードの爺さんは、眉間に皺を寄せながら顎髭を掻く。

「何いってんだてめぇ。バードニックの嬢ちゃんなら、騎士団を退団、領地にて療養って話だぜ」

大型魔獣を討伐した時の傷が開いたんだとよ。そう言いながら、爺さんはエールを煽った。

自身の呼吸が、妙に鮮明に感じられた。目が見開き、口の中が異様なほどに、乾いている。

ああ、なるほど。そういう事か――よく、分かった。

全身から感じていた傷の痛みが一時、止まる。

俺はやはり大馬鹿で、愚か者だった。何故俺が死ななかったのか。何故、騎士団員であるはずのカリア＝バードニックが砦に残るといったのか。そして最後の言葉が、何故、妙に儚く消え去りそうなものだったのか。

俺はこれらの疑問を全て放棄して、馬鹿みたいにのこのこ帰ってきてしまったわけだ。

「爺さん」

口内の傷がうずく。知った事ではない。怪訝そうに瞼をあげるリチャードの爺さんの顔を見つめる。

カリア＝バードニック。あの女は、嫌な女だ。ああ本当に、嫌な女。

「金は用意する――仕事を、依頼したい」

二度とあの顔を、見たくなんかない。


『蛮勇者にして冒険主義者かつ愚か者と評された男』


孤児院経営者、ナインズは首を捻って訪問者を出迎えた。紫の瞳は疑問符を突き付けるように揺れ動く。

「どうしたルーギス。アリュエノがいない此処に、お前が来るとは思わなかったぞ」

次の孤児ないし、浮浪者の子供が入荷するまで、しばしの余暇を楽しんでいた所。ある種奇妙な情動に動かされて、突き放すようにそう言った。

だが訪問者であるルーギスは、それすらも見透かしたような調子で口を開く。

「育ての親に警戒されるって結構ショッキングな事件だと思うんですけどねぇ。邪険にしなくても良いんじゃないんですか、ナインズさん」

「何、小僧。別にお前が私に甘えにきたというのなら、幾らでも話しは聞いてやろう。ただ、違うだろうその顔は」

からかうような笑みを浮かべて、吐息を漏らしつつナインズは訪問者を中へと誘う。彼の額に光る汗と傷。瞳に光る色を見れば、ルーギスが此処にそんな事をしにきたのではないとすぐ分かる。何せ、子供の頃からその姿を見て来たのだから。

「世間話ってわけじゃないんですけど。最近何かと物騒でしょ、野盗とか、一部の噂じゃ旧教徒が地方司祭を中心に勢力を作ってるとか。北西部の方はまた騒がしくなりそうですよ」

「ふむ、そういう話も聞くな。なんだ、神の教えでも私に説きに来たのなら構わんぞ。私は聖教徒だからな」

「いえいえ、まさか。それで、折り入ってお願いがありまして……ナインズさん、東方の自治都市に伝手、ありますよね」

＊

その日、酒場は騒がしくも陽気な騒音が響いていた。

誰もがその手にワインと薄めていないエールを手に取り、新しい樽を開ける。何時ものように味がしない、ただ酔うためだけのものではない。本当の酒の味に酔いしれていた。

酒場の中心ではルーギスが、いつものぼろ布ではなく整えられた衣服へと装い新たにし、小さな樽を掲げている。

「いよぉ、今日は好きにやってくれりゃあいい。俺の奢りだからよ！」

「景気がいいなぁ、ルーギス！　なんだおい、良い伝手か仕事でもみつけたかぁ？」

「……ああ、似たようなもんだな」

豪放に笑いながら肩を組む者。金の匂いを感じておこぼれにあずかろうとする者。ただ酒を飲む為だけに此処に来た者。だが誰もが笑い、下層に漂う低迷した空気を吹き払うような陽気を歓迎していた。

この酒場に集まるような面子といえば、必ずしも善良とは言えない。冒険者くずれの集まる酒場だ。窃盗団、詐欺師、冒険者、これらは時に同じグループとなる。

当然ルーギスとてその仲間の一人に違いない。彼らは何時だって金の匂いにつられて来る。ある意味で、ルーギスが使える最大の伝手でもあった。

「ねぇ、ルーギス。美味しい話があるんじゃないの？　こんな宴が開けるなんてさ」

「そうだぜぇ、おい。俺達も乗らせてくれよ、美味しい話を独り占めってのぁ、ねぇよなぁ？」

下品な笑み、調子の良いことを言いながら近づいてくる貧窮者。自分であれば美味しい話など他人に漏らしはしない強欲者。こういう連中というのは、必ずこういう匂いに釣られてやって来る。

「良い仕事がある。待っててくれよ、次の満月の頃には、必ず声かけるからよ」

だから今日は存分に飲めと、また新しい樽を開けて飲ませてやる。新しいワイン。それは金の匂い、象徴。

ルーギスはこの日、何度も何度も、来訪者を拒まず痛飲《つういん》させてやった。景気の良さを見せつける為。そうであると、取り繕う為に。

＊

バードニック家はかつては北西部全域の支配者であり、国家の重鎮、上級貴族として広大な領地を有していた。

しかし、大戦後の没落。戦争責任による負債の支払いにより、その領地の大部分を売却、剥奪される。騎士階級としても、現在持つ領地は広大とはとても言えない。北西部の田舎都市シフル＝トリクサを中心に幾つかの小規模の街と村を領土にするだけであった。

「お嬢様。それでは何事かございましたら、すぐに御呼び付けくださいませ」

「ああ、分かった。下がっていい」

今ではバードリック家の数少ない使用人の一人にそう言いながら、カリア＝バードニックは一人私室に籠る。

私室といっても、私物の類は殆どない。剣も、鎧や歴史書すらも取り上げられ、大して興味もない詩集や彫刻などが部屋には並んでいた。かつて、上級貴族だった頃の名残。そういった古物だけは未だ家に残っている。

「退屈だな……」

ぽつりとつぶやかれるその独り言も、流石に無理はなかった。

もう此処に軟禁をされてから、幾らかの月日が経ったが、その間には何もなかった。何一つ出来事はなく、格調だけ整えられた食事と生活を送り、寝るだけの日々。騎士団の頃のように、危険と、労苦と、そして清々しい喜びと達成感。そのような事を味わうことは一切無かった。

当然といえば当然。本来の騎士階級、貴族階級の者の生活とは即ち此れなのだろう。

――やはり、無理やりにでもついていってしまえば良かったか。

此処にきて起こったことをあえて思い起こすのなら、中規模の野盗騒ぎが領地内で起こった程度。景気が悪くなると、そういった輩はすぐに芽を吹きだす。

その討伐に先日、領主代行の弟が私兵を連れて出て行ってしまってから、余計にやる事がなくなった。カリア＝バードニックはせめてもと同行を申し出たが、当然のように却下された。父の命令には逆らえないと。

逃げてしまおうか、そんな思考がカリアの頭を過らないでもなかったが、やはりそれもすぐ消沈していく。逃げた所で、私に何がある、と。騎士団を退団し、剣を奪われ、他に能などない。土地勘のある王都ではすぐに連れ戻されるのが落ちだ。

だから、此処にいるしかない。いずれ父が婚姻の話を持ってくるだろう。そうなれば、適当な男と結婚し、子を産み。そして生涯を終える。

この先の人生を想い、ため息をつきながら、ふと、男と言えば、あいつはどうなったのだろうなと、暇つぶしにカリア＝バードニックは思案した。

馬鹿げた男だった。突如大型魔獣に突撃したかと思えば、上から目線で人にものを言ったり、妙に物事を知っていたり。

だが、果敢な男だった。思わずカリア＝バードニックの口元が緩んだ。あの父に、あれほど真正面から物を言った人間が今までいただろうか。少なくとも、私はそのような存在は見た覚えがない。愚か者だと、馬鹿者だと今でも思う。だが、嫌いではない。悪くはない。そうだな、このように縛られ、何も出来ずにいる私より、ずっと上等なのかもしれない。あの、見すぼらしい男は。

それは自嘲の笑みか、それとも彼への敬意を含めたものかはわからない。この心にある感情が、好意といえるのか、それとも全く違うものなのか、カリア＝バードニックにも分からなかった。

だが何にしろ、そう、悪い気はしないのだ。

「二つ名をつけるなら……そうだな、蛮勇者ルーギスか、冒険主義者ルーギス……ああいや、愚者の方がいいか？」

「……どうせならもう少し格好いいのにしてくんないかね、お嬢さん」

窓際から、するはずのない声がする。目を見開きながら、カリア＝バードニックの視線は吸い付けられるように窓際を向いた。

「これでも場末の酒場じゃあ、それなりのロミオって呼ばれる事もあんだけどねぇ」

本来、そこにいないはずの人物。この場所を、知るはずもない人物。蛮勇者、冒険主義者、そして愚か者——ルーギスが窓際に陣取っている光景が、そこに在った。

『悪辣たる師弟』

「爺さん。金は用意する――仕事を、依頼したい」

呰から帰還して、爺さんから聞かされたのは、カリア＝バードニックが勝手に俺の身代わりになり、騎士団を辞めてバードニック領に帰っちまったという事。

ああ、嫌な女だ。なんて嫌な女なんだ。ならもう、俺も知った事ではない。俺は自分勝手に、あの女をバードニック領から連れ出してやろう。

たとえカリア＝バードニックが嫌がった所で知った事ではない。俺はあの女が嫌いだ。大嫌いだ。ゆえに、その女を無理矢理バードニック領から引きずり出した所で、何ら良心の呵責《かしゃく》はない。ああ、そうだ。ただそれだけに過ぎないのさ、これは。

「ああ、俺は構わんよ。内容に見合う十分な報酬が用意できるなら、何時だって仕事は請け負おう、ルーギス」

だがお前にそれが用意できるのかね、とでも言うような口ぶり。

リチャードの爺さんは何がおかしいのか歯を見せながら頬をつりあげて笑い、酒場のテーブル、その対面に座った。

前準備として、まずはこのリチャード爺さんだ。この爺さんを引き入れなきゃ話にならない。

カリア＝バードニックを領から引きずり出すには、俺一人が単騎でバードニック領にいった所で、何もできやしない。もし勇者や英雄。そうそれこそ、救世者のような男であれば、一人で事を成してしまうのかもしれないが。

しかし、あいにくながら俺は勇者でも英雄でもない。一人で全てに手を回せるような男じゃないんだ。だから、人を使わなければならない。使う様に、ならなければ。

「……北西にある冒険者崩れの野盗の群れ。あいつらを焚きつけて欲しい。無理する必要なんて全くないが、せめて、領主の私兵が出張ってくるまで」

そう告げた一瞬、リチャード爺さんの瞳が光る。探るような、思案するような濁りが混じった眼光。

「中々、面白い依頼だ。なるほどやろうとしてる事は嫌いじゃねえぜ」

ものを含むような言い方に、こちらのことを見通してるとでもいうような口ぶり。爺さんは語尾に、馬鹿だがね、と付け加えながら顎髭を撫でた。

「だが、俺に依頼する理由が分からんね。なぁ、ルーギス。できっこないだろう。野盗の群れだぜ？　奴らは自由気ままを愛する奴らさ。まさか俺なら出来そうだ、なんて理由じゃあねぇよなぁ」

ああ、来た。来ると思っていた。そうだろう、はっきり言ってこんな事、一冒険者に依頼する内容じゃない。野盗の群れを焚きつけるなんてのは、依頼というよりもはや陰謀や姦計の類だ。だが、俺は知ってるんだぜ、爺さん。

リチャードの爺さんの手が、後ろでゆっくりと腰元に触れているのが分かる。その視線はもはや、俺を始末すべきか、そうでないかを判断するものに変わった。これから先、下手な言葉を出せば首が飛びかねないと、不思議と理解できる。

腕の筋肉が痙攣するのを感じる。早くなりかけた呼吸を必死に抑え、緊張感を縛り付ける。こちらが無理をしている事が分かれば終わりだ。刺すような眼光が俺の表情、一挙手一投足を捉えている。

「勿論。そんな理由で爺さんに話を持ってくるかよ……ただ俺は思っただけさ。たまには善行もしておくべきじゃないかってねぇ」

一拍置き、冗談を交えるように唇を開く。

「ほウ。悪いが俺は、善行なんて柄じゃあない。お前も知ってるだろう」

爺さんの肩に、僅かに力が入ったのがわかる。抜く気だ。もし中途半端に物を知っている様なら、危険因子。くだらぬことを言い触れる酔狂者。生かしておく価値はないと、そう、断じるだろうこの悪辣は。その肩から無理やりに視線を外し、硬くなった喉を開く。

「なぁ、昔の爺さんの悪事で、つけ食らわされてる女の子一人。助けるのを手助けしても、きっと神様は罰なんて当てねぇと思うぜ?」

その老獪な瞳が震える。突き刺さる眼光からは瞬間、残酷な気配が放り出され、そして気配はそのまま黒い刀身へとすり替わる。

――ガィイイインッ。

反射的に振り上げたナイフが、リチャード爺さんの黒剣と重なり合う。肩口近くを薙ぐような一撃を、鉄が弾けながら食い止めた。偶然だ、紛れもなく偶然に過ぎない。防げたのではない。反射的に刀身の置き場所へナイフが間に合っただけ。次は防げない。今の一撃だって、爺さんの呼吸を一瞬読み取れただけ。

この爺さんの老獪な剣筋は、カリア＝バードニックのように読み取れはしない。それに、本気で剣を振るった所などそう何度も見た覚えがない。

闇にそのまま溶け込みそうな黒い刀身は、示威目的ではなく紛れもない殺意の現れ。ナイフは残り一本。どの太刀筋でも、確実に見抜かれる。俺の剣術の基礎は、この爺さんから教わったのだから。

――これは、死んじまったかなぁ。

諦観のため息が出そうになった時、爺さんはゆるりと黒い刀身を揺らめかせて、エールを飲み干した。

「――何処まで知ってる?」

何処で、だとか。どうやって、とは聞かなかった。

それが無意味な行為だとでもいうように、何処までかを、シンプルに。

「……別に大層なもんじゃないですけどね、まぁ大まかには」

未だ先ほどの一撃の余韻を隠し切れず、額から汗をかきながら、答える。

先の大戦時、上級貴族であるバードニック家は、当主不在の混乱により参列に間に合わなかった。

史実では、そうなっている。


——では何故当主不在であり、果ては当主代行も据え置かれなかったのか。


それは参列前に、当主が急逝したからに他ならない。大規模な野盗の、強襲によって。勿論、領主の私兵がそう簡単に野盗に遅れをとりはしない。ただその野盗は、偶然まるで何処かの私兵を集めたかの様に精鋭揃いであり、偶然当主の進行ルートを熟知していたように動け、偶然誰もが金銀や食料ではなく、当主の首を狙っていただけ。

「若気の至りってやつですかねぇ。いや、別に悪事って思ってるわけじゃないですけどね。ただまぁ、それで苦労してる娘も一人いるわけで。助けてやってもいいんじゃないかなぁって」

そう思うわけですよ、と付け足して、目を細めながら爺さんの挙動を見守る。

鼻を鳴らしながら、爺さんは頬を掻いた。

「ふン。なるほどなるほど、中途半端な知識を振り回してるわけじゃあねぇわけだ。それに、運もあった」

黒い、殺意の籠った刀身が鞘に消える。肺から、安堵のため息が漏れ出てくるが、まだ吐き出すことは出来ない。

「もしお前が、中途半端にカマかけてるだけなら、此処には来なかったことにするのが一番だった。お前に運がないのなら、此処にたどり着く前に死んじまった。そういう筋書きも有りだった」

ああ、よく理解しているとも。何故なら俺は、昔それで腕を無くしかけたのだから。

よもやそんな事は言いだせるはずもなく、爺さんに倣う様にナイフを腰元にしまい込んで、汗を拭った。

「深くはいわねぇし、問いやしねぇさ。だが今もあそこの野盗……いや、私兵の集まりには、あんたはある程度影響力があるはずだ。奴らを焚きつけてほしい。領主の兵が出てくる程度には」

リチャードの爺さんは髭を撫でながら、値踏みするように俺の身体を見据えた。何かを探るように。その価値を、見定めるように。もし、これで駄目だったらどうなる。やはり俺は、死ぬか。それとも見逃されるのか。

数秒、長くても数十秒だった時間が、妙に引き延ばされて感じた。

「――せめて、他を誘う時はもう少し良い恰好をしとけ。人を集めるには、金があるって所をみせねぇとな」

そう呟き、最初の時のように、頬をつりあげてその歯を見せる。

「俺ぁ高いぜ、ルーギス。覚悟しときな」

思いのほか強く肩を叩かれ、酒場のテーブルに突っ伏すことになった。

『不義なる親子の密談』


「ナインズさん、東方の自治都市に伝手、ありますよね」

如何にも馬鹿々々しいと言ったように、唇を尖らせて、ナインズさんは首を大きく横に振った。

「断る」

そのまま椅子に深く座り直すと、話を変えろとばかりに唇を噤《つぐ》んだ。もう話をする気などないと、意思を示すように。取りつく島もないというのは、まさにこの事だろうか。勿論、ある程度の予想はしていたのだが。

「ルーギス。お前まさか忘れたわけじゃあるまいな。孤児院を出た者へは……」

「――孤児院は手を差し出さない。そりゃあ覚えてますよ、耳にタコができるほど聞きましたから」

わざとらしく自分の耳を指しながら、ナインズさん同様椅子に座り込む。

孤児院が庇護するのは、あくまでも孤児院に所属する者のみ。それが此処の鉄の掟。

孤児院から身請け、それ以外の方法でも出たものは、もう庇護されてはならない。多少過去を楽しんだり、一晩の寝床として借り受けるくらいなら別にしても、その伝手を頼りにするなんてのはもっての外。

万が一そんな事をしてしまえば、孤児院への信頼が失墜する。売春宿に売られた者が逃亡し、最終的に孤児院が庇護してしまえば、それは身請け主に対する裏切りだ。

理由はまだある。王都の裏街道には孤児院だけでなく、売春宿の経営を担う者や、ロクデナシを統括する者、多種多様な生き方と、それに合わせた組織がある。

そしてその全てと、孤児院は繋がっているといって良い。売春宿には女や、計算の出来る者が身請けされていき、腕っぷしの立つ者は用心棒として身請けされていく。

もし、孤児院が組織だけでなく、身請けされた者らと直接の繋がりをもってしまったら。孤児院という組織自体が、余りに強大な存在となってしまう。そうなれば、他の組織だって孤児院を見過ごすわけにはいかない。

故に孤児院は弱くあり続けるからこそ、手を出されない特区であり、逆に非干渉を貫く中立地帯でもあり続けなければならない。

「――って事でしょう。アリュエノと並んで馬鹿みたいにききましたってての」

「では、話は終わりだろう、小僧。お前がどんなに窮地にたっていても、私は孤児院の主として手を差し伸べるわけにはいかない」

紫の瞳を細くし、聞く耳を持たないといった体で、ナインズさんは表情を固くする。全く持ってその通りだ。その話には何一つ反論のしようがない。だから、俺がしにきたのはそんな話じゃない。

「その通り。だから俺ぁ、孤児院の主に守ってくださいって馬鹿なこと言いに来たんじゃありません。そうじゃなくて」

椅子から立ち上がり、座ったままのナインズさんを見下ろすような形で、テーブルに手をつく。

ナインズさんは、流石に俺の態度には意外な所があったのか、瞼を瞬かせた。

俺には力がない。知恵も学識もない。教養なんてのは孤児院で教わった事だけだ。人を説得する弁論術だって弁えてなければ、今更道徳を語れるほど恥知らずでもない。

だから、俺は俺を持っている武器を使うしかない。それは、

「俺はナインズさんと、取引ってやつをしに来たんですよ。対等なね」

俺が持っている武器は、知識だ。そう、この時代を一度経験した知識で、カリア＝バードニック、リチャードの爺さん、そしてルインズさん達と並び立たなきゃいけない。

「……ルーギス。最後だ、教えてやろう。取引とはな、必要なものを持つもの同士がする事を言うんだ」

深くため息を吐くようにして、ナインズさんは滔々と語る。まるで、幼子に物の道理を説くように。

「お前は伝手を求めている。しかし私は何も求めていない。満ち足りたものさ。だから取引なんてものは、成立しない」

「そんなわけぁ、ないですよ。よもやナインズさんだって、動く死体とは違う、生きた人間なんですから」

言葉の端を食う様にして、俺はテーブルについたままの手のひらをあげた。

息を呑む音が、聞こえるようだった。自然音すらなりを潜め、その一瞬のみ、ナインズさんの驚

愕を表す音以外は消え去ってしまったよう。

紫の髪が揺れ動き、恐らく動揺を見せぬように努めているだろうに、その瞳は、身体の所作は、普段と比べ明らかに異変を起こしている。

俺の手の下にあったのは、刻印を施された指輪。

あの、俺とカリア＝バードニックに襲撃を行った者の内、兜をつけた男が身に着けていた物。

何かに役立つかとは思っていたが、よもや殆ど身内に近い存在との取引に使うことになるとは、形容しがたい気分だ。

「……指輪が、どうした。金で釣る気かはしらんが。そんなものでは、はした金にもならんぞ」

その声は、すでに何時ものナインズさんに戻っていた。さして興味がないように。大した事ではないように振る舞う。それに何の価値もないのだと印象づけるように。

「ええ、売り物じゃあないんですよ。この刻印、知ってます？　旧教徒共の紋章崇拝ってやつでしたっけ」

指輪に施された刻印。それらが象る紋章を指さしながら、ナインズさんが知っているであろう事実を、一つずつ並べ立てる。紫の瞳が、瞬く。

「この世の真理だとか、そういうのはどうでも良いんですが……これを持ってたのが、まぁそこそこの武器と、しかも馬を持った分隊の隊長でしてね。偽書とはいえ曲がりなりにもコーリデン砦へ文書を送達する俺と――騎士階級のカリア＝バードニックを攻撃してきやがったんですよ」

ひりついた空気が孤児院の中を覆う。

余裕を持たなくては。こちらの焦りを伝えてしまっては、意味がない。こちら側の弱みを見せてはいけない。ただ在った事実を伝える、それだけでいい。

それで、というナインズさんの言葉に促されるように、一度唾を飲み込んでから言葉を続けた。

「いやぁ、どうしようかと思いまして。だってこんな話をギルドに通せば――襲われたのが俺だけならまだしも、カリア＝バードニックまでいましたからね。そりゃあもう、旧教徒狩りが始まっちまうよなぁ、と思いましてねぇ」

そう、たとえ何が事実だとしても、襲撃されたのが俺だけなら意味がない。低劣な庶民には発言権も、利用される価値もない。だが、カリア＝バードニックは別だ。落ちぶれたとは言え名家、且つ騎士階級。しかも、襲撃当時は騎士団に所属していた、紛れもない騎士だ。

後は話をいいように流してやれば良い。一度噂にのれば、彼女が、旧教徒に襲撃を受け、その結果として騎士団を退団せざるを得なくなったと、そう人々は判断する。容易く判断してくれる。

であれば、後は簡単なものだ。不景気と重税への不満。治安維持という名目。上流階級が襲われたという大義名分。王国は嬉々として旧教徒狩りを行うだろう。必ずと、断言できる。

――何故なら、実際に旧教徒狩りと、旧教徒と王都の対立は存在したのだから。俺が知る未来において。

「――ルーギス。お前、どうしてその話を私に持ってきた」

俺の言葉が止み。一瞬の静寂の後、その目線を俯かせながら、ナインズさんが切り出した。

「別に――ただ、ナインズさんは古来からの信仰を大事にする人じゃないですか。なら、俺も出来る限り力になりたいって思う良心ですかねぇ」

剣先だけを合わせるような、言葉の端と端で会話をするような感覚。

そちらの事情は分かっていると、だが、言明は避けるだけの知恵はあると。そう相手に思わせるように。敵ではなく此れはただの取引だと、意志を差し出すかの如く。

暫くの時間が経ち、大きなため息がもれ落ちた。

「良かろう。見ない間に食えない餓鬼――いや、良い男になったな、ルーギス」

「そりゃ、素直に嬉しいですね。ほかでもない、ナインズさんの言葉となりゃ」

その本音とも、世辞ともいえる言葉を受け流し、内容を決めよう、とナインズさんは紫の瞳を細めながら話を促す。

「東の自治都市への移動手段と、案内役。可能なら市民権を――念のため、二つ」

「分かった。自治都市にも伝手は十分にある。簡単とは言わんが、掛け合おう。それでルーギス。お前は何を私に提供してくれるんだ」

ナインズさんの言葉は即答だった。自治都市の市民権は、正直な所そう簡単に取得できるものでもない。言外に、あちらにも旧教徒の手はあると、そう言っていた。

俺は手元の指輪を弄りながら、言葉を接ぐ。

「指輪の破棄か差し出し。それと……カリア＝バードニックを、自治都市へ移住させます。証拠に加えて証言者もいなくなりゃあ、一石二鳥でしょう」

「なるほど」

けらけらと、可笑しそうにナインズさんの喉が鳴った。

「本当に良い男になったよ、ルーギス——市民権は確実に手に入れよう」

孤児院では余りみたことのない、何処か妖艶《ようえん》さを含ませたような笑みを浮かべて、ナインズさんは言った。

これで、あの女を引きずりだす為の、二つの前提は整った。後は、実行手段だけ。

何とか難物二つの交渉がまとまった事に、俺は内心深く、安堵のため息を吐いていた。


『暗がりの者達』


夜の闇を荷台が走る。砦より連れられた馬が、簡易な荷台を引き、蹄《ひづめ》は音を立てて地面を踏みつけた。荷台そのものが即席の荒い作りであるから随分と揺れるが、その速度は速い。一頭しかいないものだから不安はあったが、どうやら十分用を成しそうだ。

「馬だの、荷台だのと、随分用意がいいよなぁ、ルーギス。どっから手まわしてきたんだか」

「そいつは秘密だ。だが安心しな、安全なのは間違いない。私兵は野盗におおわらわ、屋敷にいるのは精々使用人が数人と来てる。こんな機会を逃すはずもない。その隙に、金目の物を漁ろうってわけだ」

カリア＝バードニックの救出。それと、他の目的も達成する為声をかけた数人。そいつらとともに馬に揺られながら、暗闇の中に音を散りばめる。

誰も彼も、男女関わらず暗がりで生きて来たようなのばかり。夜闇の中で行動を共にするのなら、こういう輩の方が、ずっと役に立つ。生かすにしろ、切り捨てるにしろ。

「しかし、バードニック家って、没落家でしょ。そんな所にお宝ってあるの？」

「あるさ、間違いなく」

不安げにする肩を出した服装の女に、そう断言する。

むしろそういう家柄であるからこそ、骨董品。先祖伝来の品は手放そうとしない。

それは彼らが上級貴族であった証。品位あるものである証明。バードニック家とて、今は騎士階級に甘んじているが、時節さえ訪れれば貴族階級、ないし上級貴族にまで舞い戻ろうと考えているのは違いあるまい。

であるならば、幾ら生活が困窮しようと、売り払うことなぞできやしない。出来るはずがない。貴族としての誇りを示す、金品、銀の食器、名品の数々は。

ああ、そうだ。出来なかったのだ、あの家は。

そういった事を掻い摘んで話すと、何とも困惑したような表情が返ってきた。

「……何かこう、本当にルーギスなのって感じ。コソ泥とか、どぶ掃除やってるだけじゃなかったっけ」

「だよなぁ。ルーギスなんだよなぁ、おい、何か変なものでも食ったんじゃねぇだろうな」

肩を組みながら、冗談めかして話を仕入れようとするものもいれば、直球で切り込んでくる者もいた。失礼というか、遠慮をしない輩というか。

大きくため息を吐きながら返しつつ、だがそれはやはり不審だろうなと、苦笑いを浮かべて額に汗を垂らす。

言葉の通り、当時の俺は良くてコソ泥。悪けりゃドブネズミの二つ名が似合うどぶ掃除屋だ。冒険者の初歩すら出来ていない。仕事も碌に受けられなければ、ペテンの一つもこなせない。まさにただの愚図、ロクデナシでしかなかった。

そうだ、当時の自分を思い起こせば、其処には良い思い出なんて、あるはずがない。むしろ、裏街道に生まれ落ちた人間で、そんなものある方が稀なのだ。

一かけらのパンを食う為に、地べたに頭を擦りつけた事もあった。空腹を紛らわす為ネズミや虫を口に入れた事も、盗みを働いて半死半生の思いをした事も、唾棄《だき》されながら金の為に靴を磨いた事もあった。

尊厳を切り売りし、誇らしいものなど何もなかった生活。ただその日を生きる為だけに手足を動かす一日。一日が過ぎ去ればただ凍えながら朝日を待った夜。それは戦いだった。誰も助けてくれはしない。生きるという事だけが、俺にとっては悲劇でしかなかった。

ああ、なるほど。だから俺は、ああなってしまったのだろう。だからこそ俺は、何も手に入れられなかったのだろう。未来の俺、かつての自身の姿を瞼の裏に浮かべながら、そう、不意に納得してしまった。

だから、此れで終わりにしよう。惨めでくそったれな生き方には、終止符をうってやらねばならない。かつての俺を、供養をしてやらねばならない。けじめを、ここでつけなければならない。そうしなければ全ては繰り返されることになってしまう。

それだけは、死んでも御免だった。

「所でこう……前なんにも見えないんだけど、これ道あってるの？」

「ああ、そこの所は間違いねぇさ。バードニック領の南、森側から入る手はずにしてる」

噛み煙草の匂いを鼻に通したまま、馬が疾走する前方を見やり、そう告げる。

如何に野盗の影響で手薄になっているとはいえ、騎士の邸宅に昼間、正面から突撃するには無茶がある。多少とはいえ、物見も残されているはずだ。

発見されるのが早いほど、私兵の帰還が早まってしまう。流石に、そうなれば終わりだ。私兵に対抗できると思うほど愚かでも傲慢でもない。カリア＝バードニックは連れ出せず、そして邸宅の物品を漁ることもできまい。

「時間との勝負だな。森を抜けて、邸宅に到着次第、素早く物品を回収する。そのまま私兵は愚か、物見にすら見つからずに脱出する。それが一番ってとこだ」

「そいつはいいがよぉ……」

比較的図体が大きい巨漢が、目を凝らすように眉間に皺を寄せ、前方を見やる。

「……この暗闇でどうやって森抜けんだぁ？　朝まで待つのかよ」

「ああ、それなら安心してくれりゃあいい」

一つ、忘れていた。そう、俺にも誇れる所があったという事だ。

勿論、カリア＝バードニックの才や、爺さんの悪辣さ、ナインズさんの聡明さに比肩《ひけん》できるものではない。だが、此れが無ければ俺は暗闇の中逃げ延びることも、仕事をこなすこともできなかった。そして唯一、以前の俺と同様、俺の相棒だ。

「俺は夜目が利いてな――これだけは、誰にも負けんさ」

月明かりすらも差さない暗闇。森も、地面も、空も、全ての境界が曖昧になる時間。夜の帳《とばり》は空を覆い尽くし、何者にも光を許そうとはしていない。紛れもなく世界は暗闇であった。

「暗くなれば暗くなるほど良い。夜の帳よ落ちろ。そいつは俺の本領だ。夜闇に紛れ全て事を成してやろうじゃないか」

――しかし、夜の帳が落ちた空間。森の木々、その枝の動きも、地面を這いつくばる草花の揺らめきも、その全てが鮮明に、俺の視界の中に在った。

夜の世界は、俺の手の中にあるようなもの。この特技だけは、誰にだって負けなかった。そう、救世主と名乗る男にだって。

『自分勝手な者同士』

「これでも場末の酒場じゃあ、それなりのロミオって呼ばれたこともあるんだけどねぇ」

その言葉はどうにも、皮肉さを持っている様にカリア＝バードニックには思われた。わざとらしいというか、芝居がかっているというか。思わず銀色の瞳を丸めながら、戸惑うように窓枠へと足をかけたルーギスを見つめる。

「貴様、どうやって此処を……いや、違う。何故此処に来た？」

カリア＝バードニックの動揺は明らかだった。銀色の瞳は見開かれ、その思考が上手く回転していないことを告げている。何時もは機敏な指先が迷うように揺れ動きつつ、それでもゆっくりと窓の鍵を開けた。

「どうにもこうにも。囚われの姫がいりゃあ、救いに来るのはロミオの役目でしょう？　まぁ、今回は囚われの騎士かもしれませんがね」

ルーギスはそのまま身体についた枝葉を払うと、当然のようにそう言い、おもむろに手を差し出してくる。びくりと、猛獣にも怯えはしない身体が震える。あえて呆れと、驚嘆を含めたような表情で両眉を吊り上げ、カリア＝バードニックはゆっくりと首を横に振った。

「違う。私は囚われているんじゃない。自ら望み、こうしているだけだ」

それは間違いなく虚言だ。幾分の混じりけもない、純正の嘘。神に懺悔を捧げながら口から出た言葉にカリア＝バードニックは、思わず視線を横へと逸らした。

ああ嘘だ。嘘に決まっている。だがどうして、その手を取ってしまいたいと言えるだろう。どうして、何処へでも連れ出してみるが良いと言えるだろう。此処でその手を取る事は、父への不義。あの時この男を助ける代わり、望みのままにするといった誓いを破ることになる。その汚れは、カリア＝バードニックの矜持、倫理、人生観。何をもってしても拭いきれるものではない。

「それに、貴様のようなみすぼらしい男に、助けてもらう気もさらさらない。帰れ。帰ってしまえ、何処へでも」

「……何ともまぁ、勝手な御仁だこって」

唇を尖らせて吐き出す言葉に、ルーギスは肩を竦めて反応を返す。仕方ないと、まるで不機嫌な猫を宥《なだ》めすかすような態度だった。

気に入らない。銀髪がふらりと揺れた。そうだ、最初からこの男は気に入らなかったのだと、カリア＝バードニックは記憶を手繰らせる。人を勝手だというが、こいつはどうだ。勝手に人の戦いに口出しし、勝手に人を庇い、そして勝手に人を救うと、ぬけぬけと言ってのける。ああ、なんて勝手な男だ。

「勝手なのはどちらだろうな、ルーギス。砦での貴様の勝手な行動には、私も頭を悩まされたものだが？」

棘《とげ》を剥き出しにした言葉が、自然とカリア＝バードニックの口から漏れ出ていた。八つ当たりのような、しかしてそれでいて不貞腐れたような言葉。

「勿論あんたさ、カリア＝バードニック。勝手に俺の命を助け、勝手に騎士団を退団し、勝手にこんな所にまで来てやがる。ああ、勝手な女だとも」

一方的な物言いに、カリア＝バードニックが銀髪を震わせて怒りを露わにする瞬間、その細く白い指が、無骨な手に握られた。その感触に思わず、憤激と共に吐き出されるはずだったカリア＝バードニックの言葉たちが再び喉を擦り落ち戻っていく。

腐っても騎士階級、上流階級の人間に、こんな手をした人間はいなかった。騎士団の中でも、騎士として誇るべき訓練の跡はあれど、こうも無骨な手をした人間はいない。所々擦り切れたように傷が残り、柔らかさはまるで感じられない。むしろささくれているのか、接する肌に僅かな違和感すら覚える。男らしいというよりも、生きる為すり減らされた手。心地よいものではない。手をとる荒々しさはまるで、獣のような手つきですらある。こんな手を握ったことも、握られたことも初めてだ。


ああ、だが——手を握られ、こうも感情が昂《たか》ぶりを覚えたことも一度もない。

知らず、カリア＝バードニックは手を握り返した。その白い頬に僅かな朱色が混ざる。意識したわけではない。無意識だ。ゆえにこれは己の意思ではない反射行動なのだと、何度も頭の中で繰り返した。

「――だから、俺も勝手にすることにしたんですよ、ええ。あんたをこの屋敷から強奪する。あんたと、バーベリッジ＝バードニックの約束なんざ知ったことか。俺はただのドブネズミなもんでしてねぇ」

ルーギスがカリア＝バードニックに対して使う、曲がりなりにも振る舞われていた敬語が取り払われ、強く腕が引かれる。間近で見るその瞳には、仄暗い煌きが、宿っているようであった。

「そう、か……ふん。勝手にしろ、此の勝手者め。ああ、だが私を強奪するとは、大きくでたものだな。ええ？」

「ええ、何せ勝手者に与えられた命なもんで。さて、あー……命が惜しけりゃ、とっとと従って外の馬車にのってくださいますか、姫様。いや、騎士様かね？」

その即興で作り上げたであろう悪党のセリフが、何ともとぼけたもので、思わずカリア＝バードニックの頬が緩んだ。

「姫でも騎士でもあるものか。カリアだ。ただのカリアだ――ルーギス、どうだ、貴様はただのカリアの味方か？」

そう、バードニック家から強奪されてしまうのであれば。それがきっと相応しいと、カリア＝バードニック改め、ただのカリアは目を細めた。

「……ああ、勿論」

戸惑ったように一拍。言葉を選ぶように唇をゆっくりと開きながら、ルーギスはそう呟いた。

『私の味方』

まだ周囲が静寂に包まれる中、出来うる限りの物品を荷台に積み込ませる。盗むことと、金目のものを嗅ぎ分けることに関しては、皆手際がとても良かった。

「おい、ルーギス……あの姫さん、連れてくのか？」

「ああ、言ったろ。必要なら連れて来るって」

そうは言うがよう、と大柄な割りに小心を宿した巨漢は不安げに、荷台へ乗ったカリアの方を見やる。軽くため息を吐きながら、その背を叩いた。

庶民にすれば、騎士階級、貴族階級の人間などというのは遥か上の存在。触れればそれだけで殺されてもおかしくないと、そう何度も親に言い聞かされていることだろう。何時もは貴族なぞ、と反骨精神を抱いていても、やはり実物に遭遇すると、心の奥底に刻まれた恐怖心が這い出てくるものなのだろう。

「ところで使用人はどうした。出来る限り殺したくはないが……まぁ、もし見られたなら仕方ない」

「問題ねぇさ。そんなヘマはしねぇよ。俺達だって下手な事ぁしたくねぇ」

頷いて返しながら、一度、屋敷の様子を見に戻る。

使用人は、出来る限り殺したくはなかった。どうせカリアの姿が消えたとなれば、その責任を取らされて首を斬られるかもしれんが、それ自体は構わない。

俺の中には、それとは別に思惑があった。その為にも、出来る限り死傷沙汰は犯したくない。それは、どうしても違和感が出る行為だ。

運べる限りの金品は積み終えただろうか。余り入れ過ぎると馬一頭では運べない。なら後は仕上げだけだろう。最後の違和感を消す為に。そして、目的の物を手にする為に。

それが置かれている場所は知っていた。間違いはない。何せ、カリア＝バードニック自身から聞いたのだから。勿論それは、カリアではなく、騎士団の俊英としての、未来のカリア＝バードニックに他ならないが。奴が救世者と名乗る男に、甘い声で話していたのを耳に挟んだ事がある。


——これは、我が家の家宝。伝承では、神秘とも奇跡とも呼ばれたもの。


それは代々伝えられたきたもの。代々、継がれてきただけのもの。この時代、まだその重要性が理解されていないもの。故に、地下倉庫に置かれていたとあの女は言っていた。開けっぱなしになった扉を潜り抜け、倉庫へと足を踏み入れる。

そこは薄暗さと、埃の臭い。そうして踵から這い上がってくるような寒気が支配していた。

「お前だよ、お前を——探していたんだ」

ああ、そうだ。大事そうに固定されてはいるが、このいかにも金目のものではなく、骨董品のような価値も感じられない。ただ古臭く、もはや価値だけでなく此処にある意味も喪失してしまったような、それ。

古びた剣の形のそれを手にした瞬間、許されるならば口から歓喜の声を響かせたい、そんな高揚感が胸を占領する。

ああ、そうだとも。これこそは伝承そのもの。かつて、かつてあの女が。カリア＝バードニックが、救世者へと贈り、奴の武器と成ったもの。


――ああ、これで一つ、握りつぶしてやったぞ、英雄殿。


頬がつりあがるのを抑えながら、目立たぬよう布を覆いかぶせ、腰元にぶらさげる。そのまま何もなかったとでもいうように、地下室を後にした。

これで、家からは金目のものが消え、そして家宝も消えた。所が使用人はただ縛られているだけ。なるほど、であれば。きっとその犯行は、カリア＝バードニックのものであっても何ら違和感はあるまい。罪科を全て奴に転嫁する条件は、ある程度整ったといえるだろう。

＊

「東方の自由都市……ガルーアマリアか」

「馬車と案内は用意してある。あそこならバーベリッジ＝バードニックの手も及ばない。ほとぼりが冷めるまでは、其処で時期を図ればいい」

東方の自由都市ガルーアマリア。幾重もの堅牢な城壁と、東西の交易中心地として栄えるがゆえの、その財力。それらを背景に一つの都市でありながら、他国家からは干渉を受けない一つの都市国家として機能している。いかに騎士階級といえども、自主性を重んじるガルーアマリアの人間はその干渉を拒否するだろう。

「しかし、馬車代などが家財を切り売りされた金から出ると思うと、内心複雑な所があるがな」

「それだけは勘弁してくれ。こっちは今回の仕立ての為に借金まで拵《こしら》えたんだ。今回奪った金品からじゃ足が出たくらいでな」

眉間に皺を寄せながら、肺の中から暗澹《あんたん》たるため息を吐き出す。

そう、リチャード爺さんへの報酬も、酒宴の支払いも、そして新調したこの服も。どれもこれも、俺の貧相な懐から出せるはずがない。ゆえに、借り受けた。あの悪名高き蒼髪の悪魔タルウィス＝テグから。最低の条件で。

「何にしろ早く出な。騒ぎになるとそう簡単には関所を通れなくなる」

「……ルーギス、貴様はどうする。私がいなくなれば、貴様も疑いを受けるはずだが？」

馬車にのる直前、房になった銀髪を揺らし、微笑を浮かべながらカリアが瞳を細め、そう聞いた。

「俺も勿論、身の振り方は考えるさ。だが借金を返さんと此の国に戻れなくなる。それだけは済まさんとな」

ああ、それは嘘だった。紛れもない嘘。タルウィス＝テグへの借金は盗み取った金品からすでにあらかた返し終わっている。

俺には目的がある。冒険者として大成し、アリュエノを迎えに行くという目的が。その為にはガーライスト王国にいるのが一番良い。だから、此処でカリアとはお別れだ。未来のあんたは、弱者をすぐ見下し、冷徹で、偏見を隠そうともしない人間だったが。こちらでは、悪くなかったよ。名残惜しさがなくはない。

そう、感慨に耽っていた時。カリアの白い指が、俺の手首を握りこんだ。まるで握りつぶさんとするほどに、強く。

「駄目だ」

ぎり、と。肉が締め上げられる音が聞こえる。思わず顔を顰めながらカリアを見やると、その顔には、俺のよく知る顔。意地悪い時にこの女が見せる笑みが、其処にあった。

「もし貴様がガーライストに留まるというのなら、私は今からでも屋敷に帰り、こう嘯《うそぶ》いてやろうか？　逆恨みをしたルーギスという悪漢が、私を襲っただけでは飽き足りず、金品と――家宝まで奪い取っていったとな」

表情から、血の気が引いていくのが分かった。顔だけでなく、全ての血流がその方向性を見失い、下へ下へと滑り落ちていきそうだ。

思考は一瞬にして凍り付き、碌な結論がでてこない。

「私が気づかないとでも？　大馬鹿者め。貴様が何か企んでいる事など、お見通しだ」

反論が、出来ない。どれもこれも薄っぺらなものになりそうで、言葉を出すことが戸惑われる。

「だが、構わん。ああ構わんとも。貴様は――私の味方だからな？　味方というなら、旅にも同行すべきじゃないか。もしも、もしもだ。万が一、貴様が私を裏切るというのなら」

――貴様を必ず、破滅に追い込んでやるからな？

カリアが、その肢体《したい》を押し付け、耳元でそう囁いた。傍から見れば艶めかしい動作で愛を囁くようでありながら、実際には凍り付くような声色で脅迫の言を紡ぐ。

最悪だ。何てことだ。一番感づかれてはいけない奴に感づかれてしまっていた。詳しくまでは分かるまい、全てを知るはずがない。だが、それでもこいつは気づいていたんだ。俺に思惑がある事を。それを知った上で、此処まで泳がしやがった。

ああ、嫌な女だ。だから嫌だったんだ、この女と関わるのは。最悪だ。最低最悪の展開だ。

「さて……借金がどうとか、言っていたな。構わんだろう？　この国からは離れるのだからな」

カリアはそう言ってのけると、無理やりに俺の身体を引きながら、馬車内へと引きずり込む。困惑した脳と、混乱を極め硬直した身体が、その行為にまるで逆らえないまま、二人揃って馬車内へと倒れ込んだ。

「――ルーギス。貴様は、私の味方だな？」

倒れ込んだまま、下から顔を覗き込むようにして、カリアは言った。

本当に、嫌な、最低の女だ、こいつは。

「――ああ、勿論だとも。カリア」

せめて動揺を露わにしないよう、わざとらしい笑みを浮かべて、そう言った。

馬車が、振動を起こしながら、走り始める。ガーライストから、俺の思惑から、すっと離れて行ってしまうように。


『都市国家ガルーアマリア』


「道は拓くべし。それも構わないとも」

そこは黒の中だった。暗闇とも、夜の帳とも言いかねる。ただただ黒い靄のようなものの中。そこに一人、影がうろついた。

「実に構わない。ルーギス。予想外の結果はあれど、貴様は新たな道を開拓する事を選んだわけだ。骨を貪られような苦難と、灼熱に身を焦がす道を、運命を歪曲させる道を選んだわけだ！」

それは独白のようでいて、誰かに語り掛けるような口調。大袈裟でいて、道化のような気配すらするその口ぶり。それは何かを思い返すような、懐かしいものを見るような瞳。

「だが、過去は簡単に踏破できるものではない。常に地面を這いつくばり、いずれその隙をみて、足元を掬い上げようと様子見している」

愉快であるような、しかして悲し気であるような口ぶり。読み取れない。その影の表情は全く持って読み取れず、喜怒哀楽の表現は四散している。故にその言葉はただ語られるだけ。何の意味も持たず、ただ周囲に発せられるだけのもの。

「だが私は運ぶ者。貴様の選択を歓迎し、その結果を尊ぶ者。ゆえに構わない。貴様の選択が、今後どのような事になろうとも、それを私は歓迎する。それが我らの望む結果に近いのであれば尚の事！」

独白し、全てに語り掛けるようだった言葉がふと、止まった。

そして、ぽつりと、呟く。

「さぁ、再開だ」

＊

都市国家ガルーアマリア。周辺国家、地域都市と比肩しても、この都市ほど自由、自主性を尊ぶ集団は他にないと言っていいだろう。

都市全域を包み込む堅牢な城壁。それを盾とし数多の干渉と、他国からの侵攻を防ぎあげた実績に加え、東西貿易の中心地として栄える此の都市は、もはや確固とした自主権を確立していた。その影響力から周囲にも同様の都市国家が構えられ、ガルーアマリアを中心として連携を密にされた都市国家群は、もはや一国。全てが全て一枚岩ではないが、簡単に手が出せるとはとても言えない。

歴史上、この都市国家は一度も陥落したことがない。そう、少なくとも、今のところは、だが。

市内に入った所で馬車を降り、顎を指で撫でながら、軽くため息をつく。

「どうしたんです？　馬車の中で頭でも打ちましたか？」

揺れる大きな樽に、声をかけられる。

否、それはそうと見まごう程アンバランスさを誇る、少女と、巨大な樽の組み合わせだ。

その小柄な身体には、おいそれと持ち上げられないと思われるほどの樽を馬車からおろし、抱え込みながら元気溌剌といったような声をあげる少女。彼女こそがナインズさんより宛がわれた、ガルーアマリアでの案内人、ラルグド＝アン。

その年若さと、大樽とのアンバランスな様子を見ていると、何とも不安げなものが胸中に湧き出てくる。何故大樽を背負っているのか。そして何故当然のようにそのまま人込みを掻き分けていくのか。不安要素は尽きない。

だが、ナインズさんが用意した案内人であるならば、見かけは別としてその能力に間違いはないのだろう。あの人は、契約や約束事にそういった不備は出さない人間だ。

「おい、ルーギス……あの案内人、またこけたぞ」

カリアが訝し気な声を出しながら、バランスを崩し、大樽に潰されかけているラルグド＝アンを指さす。

間違いはない。恐らく、そのはずだ。

彼女の数倍はあろうかという樽を支えてやると、礼を言いながらも頑《かたく》なに荷物を下ろそうとはしない。ラルグド＝アンが矜持を持った商人であるのか、それとも樽を背負うのに別の理由があるのかは知らないが、正直こちらとしては事あるごとに支えねばならんのが少々、いやかなり面倒臭い。

「ど、どうもどうも……さて、お二人ともご要望の、ギルドへ案内しましょう。お任せください。

此処は私の庭のようなものですからっ！」

調子を取り戻そうと、そう健気に笑みを見せるラルグド＝アン。

「貴様その庭でこけまくっていたが、本当に問題はないのか？」

そして出端《ではな》を挫くような言葉を掛けるカリア。

こいつは本当に容赦がない。人と接する為に必要な思いやりだとか、温和さだとかいうものが悉《ことごと》くかけてしまっているのではないだろうか。そんな疑問すら湧いて出てくる。カリアの言葉に、ラルグド＝アンはすっかり青い顔で項垂れている。

此処、ガルーアマリアでの目下の課題は、カリアを如何にして此処に定住させ、俺一人が抜け出すかという事だ。カリアを自由の身にさせたままでは、何時俺の身に危険が迫ってくるか分かった者ではない。ゆえに、彼女を縛り付ける何かが必要だ。

加えて、この時期に此処に留まりすぎるのは、少々リスクが高い。東西の交易中心地、平穏な時代であればそれも結構だが、騒動渦巻く時代にはトラブルの中心地にも成りうる。否、成る場所だ。

「どうしたルーギス……とっとと進め、ああ、それとも私の家宝が重いか？」

思案しながら眉間に皺を寄せていると、後ろからカリアの声が忍び寄ってくる。ああ、やはりこいつは、人との協調性とかもっていなさそうだ。人の痛い所を突くことこそが、彼女の趣味なのだろう。その証拠にカリアの顔は妙に嬉しそうににやつき、こちらの背中を押すようにしなだれかかってくる。

「此れからの生活を思い悩んでたんだ。馴染みの酒場も宿屋もない。ギルドだって、一見じゃどんな紹介料取られるかわからんぞ」

＊

ギルドとは即ち、商人、商会、技術者の互助組織が成り立ちである。

最初は情報交換から価格協定、独占の取り決めなどから始まり、現在では各々が大貴族かそれに準ずる勢力の庇護下で、冒険者と名乗る者達を勢力に組み込んでいる。

冒険者とはギルドにとって金で取り換えの利く命であり、ギルドが勢力を保ち、他組織からの干渉を防ぐ為の私兵でもある。勿論各国によって多少の差異はあるが、何処にいってもそう大きく変わるものじゃない。何故なら商人は東西を行き来し、その場その場でギルドを作り上げていったからだ。

冒険者が他国に渡ったならば、ギルドに加盟しない事はあり得ない。ギルドに加盟していない冒険者は浮浪者と同等であり、ただ街を歩いているだけで官憲に取り押さえられ監獄に送られても何ら不思議はないからだ。ゆえにギルドは多額の金銭と引き換えに必ず大貴族の名を借り受け、冒険者はその命を差し出す替わり、ギルドに庇護される。

つまり、この都市で生きていく上で後ろ盾がない俺達は、どうあっても何処かのギルドに所属せざるを得ない。市民権を持っていたとしても、何ら所属がない者はすぐ犯罪の嫌疑者に並びたてられる。

「ガルガンティ商工ギルド……おいおい、本当に俺達っていうか、俺がこんな所に所属できるのかあ？」

ギルドの酒場正面で、思わず頬をひくつかせながらラルグド＝アンに尋ねる。知らぬ内、喉が痙攣したように声を裏返させてしまっていたかも知れない。

まず何より、その門構えが違う。以前俺がガーライスト王国で所属していた弱小のギルドでは適当な木板が看板に利用されていたが、此処の看板はその為に態々一枚の木より切り出した高級品。入口も寂れておらず、恐らく日々清掃が入っている。

幾らガルーアマリアが商会が栄えている場所としても、明らかにこのギルドは規模が違う。恐らくこの都市でも有数のギルドだ。この門構えがそれを証明していると言って良い。余りの場違いさに、思わず足が竦む。

「ええ。此処、ガルガンティ商工ギルドは、ガルーアマリアでも勢力を二分するほどのギルドです。ですが、英雄殿にはこれくらいでなければ物足りないのでは？」

「……英雄、殿？　なんだそりゃ。そんな言葉、今初めて聞いたんですがね」

目を丸くしながら疑問を呈すと、同じくよく分からないといったように首を傾げるラルグド＝アンと視線が合った。

英雄殿。英雄、勇者、救世者。ああ、嫌な事を思い出す。俺にはそんな言葉は一つたりとも似合うような事はないはずだ。それを標榜《ひょうぼう》した覚えもないし、当然する気もない。何と何が混ざり合って、そんな話が生まれ出て来たのかが不思議だ。

首の後ろを擦りながら目線をうろつかせていると、ラルグド＝アンは真っすぐにこちらを見据えていった。

「ナインズ様からは、ルーギス様は囚われのカリア様を助け出し、英雄になるべく未練を捨て去って王都を出た英雄殿だと聞いております！」

成程、ナインズさん、いやあの女こんな所で意趣返しをしてきやがったか。隣でカリアが口元を抑えながらどうした英雄殿、などと精神を逆撫でしてくる。どうか人込みにまぎれてそのまま消えていなくなって欲しい。

確かに、冒険者として大成するべく生きると豪語はした。だがそれと、英雄というのはまた別のものだ。英雄とは、運命に愛された者。勇者とは、神の寵愛を受けた者。俺はまさしく、どちらも似合いそうにない。そうだ、似合うとすれば、やはりあの男くらいのものなのだろう。忌々しい事に、だが。

俺の心情など知った事かというように、相変わらずアンバランスに大きな樽を揺らしながら、ギルドの入り口へと向かうラルグド＝アン。

――カランカラン。

その彼女と、丁度入れ違いで、一組の男女が扉から影を這いださせた。ギルド入口の鈴が、乾いた音を鳴らす。

目が、見開かれる。瞼は痙攣し、瞬きすら許そうとしない。馬鹿な事だ。そんなはずが、あるのか。全身の臓器を鷲掴みにされたように呼吸が苦しい。寒気。そう寒気だ、その人影が瞳に映った瞬間、踵から全身を這いあがるように寒気、そして怖気が感じられた。

纏めた長い黒髪を揺らしながら、不機嫌そうに唇を尖らせる、異国の風貌をした少女。そしてそれを宥めるように隣に付き従う、柔和な面持ちをした金髪の男。

ああ、そうか。言っていたものな。

――ボクたち、学院からの長い付き合いなんですよ。

言っていた。言っていたとも。忘れていたわけじゃない。今この時期にとは思わなかっただけだ。

視線が奪われ、喉は枯れ、身体は怖気に動こうとしない。

「……何よ。私の髪の色がそんなに珍しいわけ？」

俺の視線が気に障ったのか、黒髪をその長い指で揺らすようにして言う少女。そのつり上がった眉が、殊更に不機嫌である事を物語っている。

この少女こそ、見間違おうはずがない。救世の旅のメンバー、魔術師殿、我が難敵。フィアラート＝ラ＝ボルゴグラード。

「フィアラートさん。そんな喧嘩腰に話してはダメですよ」

そして、柔らかい声でフィアラートを宥める男。この男。そうこの男だ。

俺の運命を決めた人間であり、紛れもない宿敵であり、心の底より妬みの産声をあげさせた男。憎悪という名の悪魔で俺の心を埋め尽くさせ、栄光と神よりの祝福を一手に引き受けた男。

ああ、そうだ。この男こそ、未来において勇者とも英雄とも呼ばれ、世界を救う旗しるべと成る救世者――ヘルト＝スタンレー、その人だった。

#『この感情に名をつけよう』

ヘルト＝スタンレー、未来において救世者と成った男。勇者とも英雄とも呼ばれる者。

こうして改めて対面すると、その異常性が良く分かる。温和な目つきをしていながら、まるで周囲を焼き尽くすような存在感。未だ年若いであろうに、瞳に映される全てを見据えているかのようである智謀《ちぼう》の輝き。

太陽。そう、太陽という言葉が相応しかろう。周囲全てに暖かみの恩恵を与え、しかして全てを薙ぎ払い焦土にする畏怖も兼ねそろえている。太陽の御子。

「何よ。私の黒髪がそんなに珍しいわけ？」

反面。彼の傍らに立つ彼女は、月とでも言うのだろうか。

フィアラート＝ラ＝ボルゴグラード。魔術師殿。救世の旅のメンバーであり、将来に置いて魔術の歴史の分岐点を作り上げ、変革者の二つ名を与えられる者。

艶やかな黒髪を後ろでまとめ上げ、その強い目つきは彼女の怜悧《れいり》さを感じさせる。顔つきや彫の深さは、異国者である彼女特有のもの。それが雰囲気とあわさり、彼女独特の魅力を作り上げている。カリアとはまた質が違う美人と言えるだろうか。

何処か壁を作り、人を突き放すような雰囲気は、救世の旅の時と変わらない。といっても、それはヘルト＝スタンレーに対しては例外だったのだが。今は彼に対しても少なからず強い反発を感じる。恐らく今はまだ、長い付き合いというほどではないのだろう。全方位に壁を作っているその様子は、まるで針鼠のようだった。

なるほど、お似合いだ。思わず舌を鳴らす。

フィアラートは月というには少し輝き過ぎではあるかもしれないが、その彼女と、太陽の如きヘルト＝スタンレー。傍からみれば、実に良く似合った組み合わせといえる。

——なるほどこいつはどうにも、吐き気が止まない。

毒々しい血の気が全身を駆け巡り、地獄の番人が耳に囁く声が聞こえたようだった。

知り合いかと、問うてくるカリアを押しとどめ、一歩前に出る。フィアラートの手に見えた羊皮紙。そして記憶にある事象。符号していようがしまいが知った事ではない。

あえて口元をつりあげさせ、嘲笑《あざわら》うようにしながら、言った。

「いやただ、そんな依頼書じゃ、誰も依頼を受けてくれやしなかっただろうな、と思っただけさ」

その言葉は、挑発的でなくてはいけない。相手が噛みつきやすいように、噛み合う様に。それはかつてのカリア＝バードニックとは要点が違う。魔術師殿にとって強さや弱さなどどうでも良い。彼女にとって重要であるのは智謀。知るか、知らないか。頭が回るのか、回らないのか。ただそれだけ。俺にそんな大層なものは当然ないが、知識なら、此処にある。

カリア、そしてヘルト＝スタンレーも、俺の唐突な物言いに、呆気にとられた様子が見て取れる。当然だ。今たまたま巡り合っただけの、それも初対面の人間が、顔を見た途端、挑発的ともいえるな瞳だけ。

言葉を投げかけて来たのだから。その一瞬で、他の感情を抱いたのはただ一人。黒い、真珠のよう

「……偉そうに。何、私が悪いとでもいいたいわけ？　依頼があるからギルドに依頼書を出しに来た。何か間違ってる？」

「あ、っと。すいません。彼女、フィアラートさんはこう、すぐ人と口論しあうきらいがあって。元気なのは勿論、構わないんですが」

咄嗟に庇おうとするヘルト＝スタンレーを押しのけ、その黒い瞳が俺を見据える。そう、ヘルト＝スタンレーではなくこの俺を。かつては歯牙にもかけず、目端にも入れようとしなかった、この俺をだ。

泥のように、そして何処か粘着質なものが心に生まれているのが、分かった。

「ああ、悪いさ。馬鹿がでしゃばるのは」

場を仲裁しようとしたヘルト＝スタンレーの言葉を、蹴り上げるように、そう言った。

「その羊皮紙。そんな本を作るときに使うようなもんを、依頼を出すのに使うやつがいるか。ギルドの依頼はパピルス。もしくは口頭で伝えるもんだ」

カリアは一瞬、俺を押しとどめようとしたのだろうか、肩にその手を掛けた。しかし何か思案するように手を固くすると手を退かし、そして恐らくわざとだろう。盛大なため息を後ろで吐いた。

そんなしょうがないやつだ、という様にため息を吐かれるのは本来俺ではなく、お前だということをしっかりと理解してもらいたい。

「羊皮紙で依頼を出すなんざ、明らかに世間知らずか、もしくはとびきり厄介な代物。誰も受任しようなんて思うはずがねぇ。大方初めて依頼にきた無知なお嬢様お坊ちゃんって所かね」

カリアを討ち果たす武器が剣だとすれば、フィアラート＝ラ＝ボルゴグラードを組み伏せるのに必要なのは智と言葉。かつて飯の最中に、ヘルト＝スタンレーが失敗談として語っていたのを知っている。フィアラートと始めての依頼を出すとき、羊皮紙で依頼を出してしまったと。

無知、その単語に殊更に顔を歪めたフィアラートの手から、羊皮紙を掠め取る。呆然とした、しかも未だ冒険者でもないはずの人間の手から物を掠めるなどというのは簡単だ。

さっと目を通す——なるほど、これは見せかけではなく、紛れもなく難物だ。好奇心で中身を確認した冒険者たちも、早々に手を引いていったのだろう。

依頼の内容に顎を掻いたその時、羊皮紙を持つ俺の手首が、強い力で握りこまれる。カリアのような、握りつぶすような意思は持っていないが、巌《いわお》の如き強固さで。

「ボク達が愚かだったのは確かでしょう。それをあざ笑うのは貴方の勝手です。ですが……それは、彼女を愚弄して良い理由にはなりません。依頼書は、返して頂きたい」

ヘルト＝スタンレーの指が、固く手首を握りしめる。その感触はまるで重厚な鉄のよう。俺が羊皮紙を手離さない限り、彼も同様に手首から手を離したりはしないだろう。

素晴らしい心意気だ。ヘルト＝スタンレーの人を尊ぶ心。慈しむ心。そして包み込むような精神の強靭さ。なるほど、人を惹き付ける要素を兼ねそろえている。間違いなく傑物《けつぶつ》だろう。ああ、それは分かり切っていた事だ。

だが俺にとってはそうじゃない。不愉快だ。実に不愉快だとも。

本来俺にとって、フィアラート＝ラ＝ボルゴグラードなど関わり合うべき相手ではない。むしろ以前の記憶からすれば、カリアと同じく可能な限り関わり合いになりたくない人間だった。

フィアラート＝ラ＝ボルゴグラードはカリアのように、直接的に俺に暴威を振るうことはなかった。だがしかし、その扱いはまさに冷遇だ。

俺の意見など取り入れない。俺の存在など歯牙にもかけない。俺の意思など眼中にない。恐らく彼女にとって俺は、旅のメンバーではなく、ただの雑用係だった。少なくとも彼女は、他のメンバーには相応に暖かく接していたはずだ。

勿論、それも当然と言えば当然。弁解の余地もなく、俺は救世の旅の中で雑用係でしかなかった。カリア＝バードニックを捻じ伏せる力も無ければ、フィアラート＝ラ＝ボルゴグラードを言いくるめる学識もない。

しかしだからこそ、人の二面性、心の奥底に沈む冷淡さというものが、俺にはよく理解できていた。俺にあれほどの冷気を浴びせておきながら、その反面ヘルト＝スタンレーに驚くほどの陽気を浴びせていた彼女。人の言葉をよく聞く賢者のように振る舞いながら、俺なぞはそもそも視界に入れておらず、異物としてしか扱わなかった彼女。

彼女の扱いに比べれば、カリアのような扱いはまだマシだったのかもしれない。存在という意味では、カリアは確かに俺の事を認識していたのだから。

「そいつは断る、なにせこれは依頼書だろう？」

だからこそ、それらを知っているからこそ、胸中に怖気が走る。

そのフィアラート＝ラ＝ボルゴグラードが再び、ヘルト＝スタンレーの傍らに立つ事となる。再び、かつての関係を築き上げるようになる。それはまるで、かつて俺が経験した事柄をなぞることのよう。あの恐ろしい人間が再び、この世に創造されてしまうという事。全身を恐れと、怖気が脈動する。

――ああ、そしてそれだけじゃない。それより恐ろしいモノが、産声をあげている。

これは嫉妬か。それよりも遥かに深く暗いこれは、何か形容しがたい他の感情なのか。

ああ、いるのかも知れない神よ。俺に機会を与えるならば、ヘルト＝スタンレーなぞ消し去ってくれれば良かった。出来ないのであれば、俺そのものを消し去ってくれた方がマシだった。そうであれば、俺の胸中は今より遥かに穏やかだったろうに。

「この依頼は俺が受けよう――条件付きだがね」

瞳を動揺に震わせ、思わず力を抜いたヘルト＝スタンレーの手を振り払う。そのまま、目つきを鋭くしながらフィアラートを見やった。問いかけるように。まるで推し量っているとでも言うように。

フィアラートは一瞬、こちらの意図を汲み取れないとでもいうように口を開きかけ、しかして、その聡明さを証明するように、言葉を練り直して言った。

「条件を、聞きましょう」

ああ、そうか。この感情はきっとこう呼ぶのだ。憎悪と。

二度と見たくない。ヘルト＝スタンレー、奴が何かを手にする所を。奴から、全てを奪い取ってやりたい。心がそう、焦がれている。

『彼女の依頼と彼の条件』

「貴様はまるで雨季の空だな」

それはまた、カリアの雰囲気からはどうにも似合わない、詩的な言葉だった。

エールで唇を濡らしながら、彼女は不味いと顔を歪める。ガルガンティ商工ギルド、その備え付けの酒場も、店構えと同様に立派なもの。十分なスペースは勿論、荒くれが吐き出した吐瀉物の跡や、散らばったゴミも転がっていない。清潔感を保ち、心地よく酒を嗜《たしな》め、次回の仕事への気力を蓄える場所。ギルドの酒場としては文句ないほどの一流だ。

少なくとも、以前俺が通っていた酒場からすれば、品位も酒の味も、格段に上のはずだが。騎士階級の舌というのは、庶民と比べて随分と贅沢につくられているらしい。

「自ら火炎の上で踊る火薬庫、と称しても良い。何時、何をしでかすのかは分からない。だが、何時か何処かで何かをしでかすというのは分かっている。見ているこちらとしては気が気ではない。コロッセオの猛獣の方がまだ大人しいというものだ」

単騎で大型魔獣に突貫するあんたほどじゃないがね、と言い返してやると、カリアは嘲《あざけ》ったように肩を竦めた。まるで何も分かっていない馬鹿者め、とでも言いたげだ。

カリアの視線が、傍らのラルグド＝アンへと向けられる。

「貴様はどう思う、アン。会って間もない貴様の評価が、最も中立だろう？」

椅子替わりの大樽にのって水に舌を付けているラルグド＝アンは、一瞬思案したように動きを止め、そしてすぐに唇を動かした。

「そうですねーっ。やはり世に語られる英雄殿というのは、俗人には分からぬ価値観と行動力を持っているものではないかと、そう推察します、はい」

その言い方は軽く濁しているようであるが、以前の発言と合わせて考えれば、遠回りに俺の行動が突飛だと指摘する棘を帯びている。カリアもそれを理解しているようで、勝ち誇ったようにこちらに視線を向け直した。

なるほど、確かに悪い。悪かったとも。端から見ていればそんな感想も抱くだろうさ。今回のフィアラート＝ラ＝ボルゴグラードへのアプローチに至っては、自分でもはっきりと掴みかねる衝動に突き動かされてのものなのだから、余計に性質が悪いと言える。

「しかし、来られますかねー。あの御方、ボルゴグラード様ですか。ああいう御方は、甘い話に簡単に乗る、成金商売のような事はされないと思うのですが」

なるほどやはり、彼女、ラルグド＝アンは有能であるらしかった。

あの一幕を見ただけで、フィアラート＝ラ＝ボルゴグラード、その人物の怜悧さや考えの深さを、ある程度見極めているのだろう。人の事を推察する能力に長けているのかも知れない。

実際、ラルグド＝アンは有能と言えるだけの能力を持っていた。ナインズさんの紹介状や名前もあったのかもしれないが、ギルドに入るなり即座に俺とカリアをギルド登録へと漕ぎつけるだけの話術、説得力、交渉能力。それらの対人能力を須らく所持している。ナインズさんの紹介で来た案内人というのは、名ばかりではない、という事らしい。

しかしそうなると、益々、大した力も持たない俺は肩身の狭い思いを強要されそうで、心ひそかに暗澹としたものを感じてもいる。

「来るさ」

ラルグド＝アンの問いに、カリアは当然とばかりに頷いて言った。不味いと断じながらも、手元のエールを胃に注ぎ込んでいく。

「必ず来る。貴様は人を見る目はあるようだが、女心というものを分かっていないな」

ラルグド＝アンが目を見張った。

正直な所、俺の中ではラルグド＝アンは紛れもなく女の枠に入っているが、カリアは男に入れるわけにはいかないものの、女に安易にいれていいものかと非常に迷ってしまう。そのカリアが女心を語るとは、正直思いもよらなかった。

「一目みただけだが、あれは確かに甘い話に乗る愚物とは言えまい。だが、機会を逃す凡俗とも思わん――賭けるか？」

その確信めいた言葉に、樽に乗った少女はおおー、などと感心しているが、俺としてはその内容の何処に女心が関わっているのかを知りたかった。

賭けに乗るように、賞品のワインを一杯頼んでおく。その時ちらりと、カリアの目線がこちらを向いたのがわかった。

銀色の瞳から与えられる視線は妙に艶やかな熱が籠ったものであり、しかし反面、俺の身体そのものを刺すような鋭さも持ち合わせている。意味は分からない、だがその視線は確実に、何かの意図を持っている様であった。

胃が、捻りあげられたように痛む。どう転がったにしろ、その視線に良い予感はしない。俺の経験が、脳裏にそう告げていた。

――カラン、カラン。

来客を告げる、扉についた鈴が鳴る。幾名は興味深そうに視線をやり、幾名は関心一つ寄せず酒と歓談を続ける。

そしてカリアは一人、私の勝ちだな、と賞品として、運ばれてきたばかりのワインに唇を付けた。

＊

「依頼内容、条件を確認するわ」

フィアラート＝ラ＝ボルゴグラードの透き通るような声が酒場に響く。カリアのものとはまた違う。妙に耳に残る声だ。

こちらは、俺とカリア、そしてラルグド＝アンの三人が。相手方は、フィアラートと、そして同席した、未来の救世者ヘルト＝スタンレーの二人。都合五人がテーブルを囲んでいる。

努めて冷静にいられるよう、心の躍動を抑えつけ、どうぞ、と促すように唇を開いた。

「一つ、依頼内容は岬に存在する旧教、紋章教徒の地下神殿跡地への護衛、加えて探索への協力」

紋章教。正確な名前は確か拝象教だとかいう呼び方だった気もするが、今では良くて紋章教、大半には旧教、下手すれば異端教と呼ばれるのが常だ。

紋章教の神殿となればその多くは取り潰されるか、廃れていくかして失われたものが大半。勿論、細々と点在して信仰を捧げ続ける者はいるだろうが、大規模な神殿のようなものは、大聖教が主流となった此処一帯の周辺地域にはもう存在しないと断じていい。

神殿の跡地にしたって、大聖教の神殿として立て直されるか、立地が悪ければ放置され下手をすれば自然動物や魔獣の住処となっているだろう。どうやら、今回の依頼は後者にあたるようだ。

「二つ、もし何か遺失物を見つけたのであれば、漏れ無く私へ提出すること。これは必ず。当然、物次第では追加報酬も惜しまないわ」

見せつけるようにして、テーブルの上に貨幣を包んだ袋が置かれた。

散財や無駄な浪費を嫌うフィアラートが、こうも財力を前面に押し出すのは、珍しいを通り越して奇妙だ。その行動はまるで、何か気が焦っているようにも感じられる。

勿論、俺はこの時の彼女を知りはしないのだから、この当時の彼女はこうだった、という可能性も捨てきれはしないが。

「ああ、俺は構わんさ。それで、こちらの条件を満たしていこうか」

フィアラートの口元が閉じられると、今度は目元が強く引き締まる。どうにも彼女は、表情やその動作に、自分の心情や意図がよくあらわれる人間のようだ。

指を一つ立て、口を開く。

「まず一つ目に、報酬とは別に前払い金を頂こう。依頼達成のためには、前準備は欠かせないだろう？」

こくりと、軽くフィアラートの顎が引かれる。

その隣では、条件を同様に聞くヘルト＝スタンレーが目を細めた。

実際、今は金が欲しい。ナイフは一本折れたままであるし、宿屋に泊まる金も心もとない。こちらでの生活を落ち着かせる為にも、まずは確実な金が必要だった。

「そして、二つ目だ」

二本目の、指を立てる。フィアラートの顔に渋い色が混じった。先に聞かせていた為に理解してはいるだろうが、どうにも自分の中で消化しきれてはいないらしい。

自分の腕を、そっと撫でながら、彼女は続きを促すように視線を向けてくる。

「フィアラート＝ラ＝ボルゴグラード、あんたは魔術師だろう。であるならば、誓いの詞《ことば》を――俺に決して危害を加えないと、そう誓ってもらおうか」

その喉が唾を飲み込み、眉間には皺が寄せられる。淡い色の唇を僅かに歯で噛みながら、魔術師殿はゆっくりと、だが確かに、その顎を頷かそうとした。その時、

「――待ってください。ボクは依頼の常識は知りませんが、誓いの詞が条件に入るというのは、幾

らなんでも重すぎるんじゃないですか。つり合いが取れていない」

ヘルト＝スタンレーの言葉が、割って入ってきた。

ああ、わかっていたとも。貴様が此方に噛みついてくること位は、重々承知していたさ。

彼の瞳に表れるのは、強い意志と、こちらに向けられる僅かな敵意。ああ、心地よいものだ。宿敵と思う相手から与えられる敵意とは、これほどまでに心地よいものなのだと、今、初めて理解した。

『彼は知っている彼らは知らない』

「アン。貴様もついてくるのか？」

新調した小手の感覚を確かめるように握りしめて、カリアが言う。

城壁の内と外を分ける門前。未だ閉じた門の前で、ラルグド＝アンはまさかとでも言うように肩を竦めた。

「私に戦闘能力はありませんし、それにあくまで私は案内人。それ以上の事はしませんよ。今日は空いた時間を使って、他の取引相手様の所にいこうかと」

大樽を抱えたラルグド＝アンの小さな指先が、城壁の外を意味するように指し示される。

城壁の外。今は早朝ゆえに門が閉まっており確認できないが、そこにはもう一つの街、否、住処というべきか、何にしろそういうものが存在する。

城壁の中に住めるのはあくまで市民権を得た市民。もしくは許可を受けた商人や冒険者のみ。それ以外の人間は、壁を一歩超えることすら許されない。しかし職も技能も無い人間は、ガルーアマリアの景気の良さだけを聞きつけ、一縷《いちる》の望みをかけて職を探しに足を運ぶ。

その結果が、城壁回りの貧民窟《ひんみんくつ》というわけだ。困窮の底の底。ガルーアマリアを治める大総督も、市民もその存在を決して認めないあぶれ者達。その日暮らしをただ続ける者達。その生活を想像すると、かつての自分が思い出されて瞳が細まる。

しかし貧民窟に取引相手がいるというのは、ラルグド＝アンもどうやら安穏とした人間ではなさそうだ。ナインズさんの紹介、という点で察するべきであるのかも知れないが。

カリアはさして貧民窟に興味はないのだろう。ラルグド＝アンの言葉に軽く頷くと、なるほど使い物にはなりそうだ、などと言いながら小手の使い勝手を見極めている。言っておくがお前の買い物が一番高かった。文句は一つも言わないで欲しい。

「何をいう。庶民が贅沢を嫌うのは理解できるが、必要なものに金を使わぬのはもはや節制の美徳ではなく、吝嗇《りんしょく》の悪徳というものだ。ルーギス、貴様こそ、買ったものはなんの役に立つのか分からんものばかり」

「言葉を返すぜカリア、何を言う。武器、特にナイフの新調は重要だ。噛み煙草だって、嗜好品に収まらない利便性がある。後はそうだな、粘着液なんかも、野営をする時には使えるんだぜ」

まるで誇るように購入物を見せつけて応える俺に、カリアは仕方ない奴だとでも言うように、わざとらしく肩を竦めた。

何だろうな、凄く、納得がいかない。何故こいつは、さも自分が常識人であるように振る舞えるのだろうか。

——ゴォォオン……ゴォン……ゴォゥウウ。

そんな問答をしている内、朝を告げる鐘が、周囲に響く。同時、衛兵が仕掛けを動かして大門を開き始めた。

わっ、と大勢の人間が都市の内外を行きかう中、よく通る声が、耳朶を打つ。

「——お待たせ、ってほどでもないわね。二つ目の鐘はまだ鳴ってないもの」

そう言い、赤黒いコートに身を包んだ女性が手をあげる。フィアラート＝ラ＝ボルゴグラード、魔術師殿その人だ。コートの柄が、彼女の黒い髪の毛や瞳と対比してよく映える。やや重装備な格好は、まさしく旅支度とでもいいたげだ。

そして、その隣には、金髪を揺らし、ゆっくりと後ろからついてくる。ヘルト＝スタンレーの姿もあった。彼の姿も、旅路に出る者のそれ。動くのに邪魔にならない程度の装備と、腰には剣を拵えている。

「準備は万端です。足手まといにはならないと誓いましょう」

ゴォン……ゴォオン……。そんな鐘の音を聞きながら、四つの首が、門前に集った。

＊

「——待ってください。ボクは依頼の常識は知りませんが、誓いの詞が条件に入るというのは、幾らなんでも重すぎるんじゃないですか。つり合いが取れていない」

ヘルト＝スタンレーの言葉に、場が一瞬冷や水を被ったように、沈黙する。

ああ、知っていた。知っていたとも。お前がこういう話に噛みついてくる人間だということは。知りすぎるほどに知っていた。

誓いの詞。魔術師が上位存在や、世界の理、それに類するものと重要な契約を結ぶとき使われる詞。それは紛れもなく誓いであり、魔術師縛り付ける鎖であり、時に生き様すらも変質させてしまう劇薬である。

ゆえに先ほどの言は間違ってはいない。むしろ依頼一つするのに、魔術師が誓いの詞を交わすなんてのは聞いたことがない。だが、契約において前例などというのはさして重要でない。まして、彼は俺の交渉相手でもなんでもない。どれほどつり合いの取れない取引でも、交渉相手がうんと頷けばそれは正当な取引となる。

そうだとも。この世には一かけらのパンを条件に尊厳を売り渡す者も、小銭の為に身体を売る者もいる。つり合いの取れる取引などというものが、むしろ珍しいと言えるのかもしれない。

「ヘルト＝スタンレー。俺はあんたと取引してるんじゃあないですから。横から嘴《くちばし》を突き入れるような事はどうか謹んで欲しいね。大体、こっちだって危険は負ってるんですぜ？」

その鋭い顔つきを指さしながら、目を細めて言葉に応じる。

魔術師の護衛などというのは、本来誰だってやりたがらない。彼らは何時だってまやかしを好み、人道を外れ、魔と取引する存在だ。少なくとも、冒険者には広くそう思われている。

だから、そんな者の依頼など多少金を積まれても、うんと頷くやつは此処にいない。それに頷く変わり者や専任者は、魔術師ギルドにいるものだ。

そう、魔術師が依頼を出すとなれば、単なる商工ギルドなんかではなく、専用のギルドに赴くのが最も面倒がない方法。幾ら依頼の出し方を知らぬといっても、それくらいのことは知っているだろう。

だというのに、フィアラート＝ラ＝ボルゴグラードはその手段を取っていない。

「あんたらも訳ありなんでしょう。何せこの街には魔術師御用達のギルドだってそう少なくない数がある。だっていうのに、此処にいる時点でもう胡散臭《うさんくさ》いったらありゃしない」

それは紛れもない相手の弱みだ。その足元を浚《さら》う交渉であれば、たとえつり合いがとれていなくても乗ってくる。乗ってこざるを得ない。彼女はきっとそれを承知で此処にいるのだから。

ヘルト＝スタンレーの頬が一瞬、歪む。まだ食いつきが足りないのか。その心根はやはり大したものだ。ああ、だが、もう遅いようだぞ、救世主殿。

「――貴方は黙ってて、スタンレー。彼の言う通り、互いに危険を背負った依頼よ。私だって、背負わないと天秤は等しくならない」

フィアラートの、決めた事はねじ曲がらぬという意志を、痛感させる芯の籠った言葉。その言葉には、ヘルト＝スタンレーとて従わざるを得ない。この取引において主は彼女、彼は従。

そして彼の性格を鑑《かんが》みれば、次に出てくる言葉はよくよく分かっている。忌々しい事に。反吐がでそうになるほどに。

「なら――それならば、ボクに同行の許可をください。ただ嘴を突っ込んでおいて、後は知らない振り、なんてのはボクには出来ない。少なくとも、尊厳を持つ紳士の振る舞いではないでしょう」

思わず言葉が、唇から零れ出そうだった。理解していたさ、こういう条件をつければ、お前は同行を申し出るだろう。それが良きにしろ、悪きにしろ。それでこそ、ヘルト＝スタンレー。それでこそ、救世者。

ああ、何とも――忌々しい事、この上ない。

＊

岬までの道のりは馬車で一日はかかる。当然そんな場所へは向かう者は少なく、乗り合い馬車もあるわけがない。故に貸し馬車を一台かりての、大掛かりな旅路となる。馬車にはあまり良い記憶がないが、無賃で乗れるなら悪くないだろう。

四人で乗った馬車は窮屈というほどではないが、各々顔を見合わせる程度の距離にはなる。言葉賑やかという風でもなく、ただ蹄と車輪の音を聞きながらの旅路となった。

それは一見のどかで良いものかも知れない。諍《いさか》いもなく、自然の音に身を委ねる旅路。

――だが俺からすればそれは胃の奥、胃だけとは言わず肺も、それこそ臓腑全ての奥底から灼熱の業火が噴き上げる思いだった。

そうだ。全てが揃っているわけではない。だが、此処にいる面子を見てみるがいいさ。カリア＝バードニック。フィアラート＝ラ＝ボルゴグラード。ヘルト＝スタンレー。そして、俺。

ああ、ああ。否が応でも思い出される。あの旅を、苦痛と恥辱に塗れた旅路を。尊厳を足の底で踏みにじられ、全身を針の庭に投げ落とされる苦しみを。

唾が、まともに飲み込めそうにない。油断をすれば腹の底から感情と共に嗚咽が這いずりあがってくる。顎を指で擦りながら奥歯をぐぅ、っと強く噛みしめた。

覚えているぞ。貴様らは知らないだろう。だが、俺は、覚えているぞ。

蹄が地面を打ち付ける音、車輪が軽快に回る音が、周囲に響き続けていた。

『地下神殿にて二人』

カリア、そしてヘルト＝スタンレー、両名の声が、何処か遠くにいくように耳からゆっくりと消えていく。首を撫で、軽くため息をつきながら気分転換とばかりに肺の空気を入れ替えた。

「いやなるほど分断させるトラップか、参ったねぇ、どうにも」

「……その割には随分と呑気というか、我関せずって感じね。冒険者って皆そうなの？」

別にいいけれど、と隣で声を潜めながら、フィアラート＝ラ＝ボルゴグラードが噛み煙草を口に含んだ俺を見て、呟く。消え入りそうなほどの音量だというのに、妙に耳に残るのは声質の良さだろうか。

こちらとしては、地下神殿の入り口に踏み入って早々、罠で仲間と分断されたというのに、冷静さを保っている彼女に辟易《へきえき》しているのだが。

それに呑気というわけではないが、落ち着きたい時には、噛み煙草を嗜むのが良い。焦げたような、しかし何処か清涼感のある匂いが鼻を通り過ぎる感覚が、心地よい。以前の旅の時も危機に陥ってはこうしていた。何せ、一人だけ斥候に出されたり、罠の見分役として前に出る事が多かった分、危険は何時だって背中にこべりついていた。

「で、どうするの。此のまま此処で助けを待つ？　それとも、こちらから動くの」

その言葉に思わず、目を丸くした。溜まった唾を、思わずそのまま飲み込みそうだった。黒髪の魔術師殿はどうしたのよ、とでも言いたげに、どこか不安そうな様子でこちらを見つめている。

いやなに、そりゃ驚こうというものだと言ってやりたかった。

あの、俺の存在など眼中にすら入れようとしなかった、フィアラート＝ラ＝ボルゴグラードから意見を求められたのだから。それは勿論、別に此の彼女がそうしたというわけではないが、やはり何処か重ねてしまうものはあるわけで。驚嘆するというか、頬が嫌な意味でひきつってしまう。

噛み煙草を胸元にしまい込み、魔獣の脂が詰められた、簡易的な燭台に火を灯す
「じゃ、動くとすっかね。転ぶなよ雇い主さん。慣れてる俺が前を行く。火元もってついてきな」

「前って、真っ暗だけど。冒険者ってのは、暗くても前が見えるのかしら」

慣れてるって言ったろ、と肩を竦めながら後ろ手に手を振る。ああそうだ、慣れているとも。何せ此処も、この罠も、俺にとっては二度目の経験だ。

むしろ心が憂慮《ゆうりょ》しているのは、カリアとヘルト＝スタンレーの両名だ。それは、奴らが何かしで

かしてしまうのではないか、という憂慮。

というのも実のところを言えば、かつての旅の頃、最初からあの二人は旅の仲間として互いを認め合っていたわけではない。むしろ他のパーティーメンバーという緩衝材が無ければ、決定的に対立していた可能性だってあった。

その理由は至極単純で、なにせ、互いにその意志を譲らないのだ。

片や力の信奉者、片や正義の体現者。二人の意見が対立する場面は数え切れないほどに存在した。

今思うと、上手く噛み合っていたという方が不思議になってくる。

流石に、こんな場所で互いに剣を抜きあう様なことまではないだろうが、せめて俺が戻るまでの暫しの間、大人しくしてくれている事を祈りたい。

＊

古石と粘土で積み上げられた地下神殿は、厳《おごそ》かという雰囲気とは随分縁遠いものだった。

貴重品の類もなければ、かつて此処で宗教があったという面影すら薄い。だがそれでも、魔術師殿。フィアラートには此処に来る意義も理由もある。だからこそ、俺を雇った。雇わざるを得なかった。

遺跡や、此処のように魔獣が住み着くようになった場所。それは国家が認めるギルドの管理施設だ。ただ荒れ果てたままにしておくよりも、冒険者を使い管理、時に発掘し、ギルドはその収益を。国家はギルドよりの上納金を。それぞれ懐にせしめるという事だ。金というのは、何処まで行っても弱者の懐には留まらない。

ゆえに、ギルド管理の施設に自由気ままに足を踏み入れることは許されることではない。そこから何かを持ち帰るにせよ、発掘調査をするにせよ、ギルドの許可、もしくはギルドへの依頼という形で形式を整える必要がある。そうでなければフィアラートは、ああも切羽詰まって俺を雇うなんて事はなかっただろう。

ああ勿論、何処その脳内に石ころでも代わりに入っているのではと思われる、かつての見習い騎士のように、ギルドの管理地、しかも立ち入り禁止区域に自ら入っていく大馬鹿者も中にはいるのだが。

燭台を持って後ろからついてくるフィアラートの足取りは、その石畳を踏む音だけを聞いても、おっかなびっくりという様子が見て取れた。

足を止めて、念のためちらりと振り返ると、何よ、と唇を尖らせ、強がりながら目線を向けてくる。ああやって、言葉が吐けるならまだ大丈夫だろう。

「それにしても、魔獣って……こう、暗がりから湧いてくるものだと思っていたけれど。思ったより平気ね」

「おいおい、黴《かび》や病魔じゃねえんだぜ。あっちだって生き物さ。闘争本能を狂わされた奴らも中にはいるが、あっちだって死ぬのは怖い。真っ向から襲ってくるやつなんざそうはいないもんで」

敢えて、二度目の罠。それも入口近くにあるそれに手を掛けたのには当然、意味がある。よもや不様に同じ轍《てつ》を踏んだわけじゃあない。

一つは、そう、フィアラートを、ヘルト＝スタンレーから一時的にでも切り離す事。

「しかし、物好きだねぇ、あんたも。旧教徒の神殿なんて、物見遊山で来る所でもないだろうに」

どうしても、あのパーティで進めば、彼女との間には必ずヘルト＝スタンレーが割り入ってくる。その忌々しい正義感と、紳士たる為、なんていう子供だましも良い所な文言の為に。

出来る事なら俺だって、この女と話していたいわけじゃない。

だが、かつてのように、フィアラートがヘルト＝スタンレーの傍らの存在として成り立ってしまう事だけは。それだけは、それだけは何があろうと、止めなくてはならない。それを想像するだけで、俺の心臓は石になったかのように動きを止める。救世の旅での苦渋、奴が、ヘルト＝スタンレーが何かを手に入れる事に対する憎悪、もし以前と同じように世界を辿らせてしまえば、それはまた同じ結果に行き着くのではないかという恐怖。

ありとあらゆる感情が、臓腑を裏返しにするかのように猛り狂っている。

ゆえに、彼を、彼女を探らねばならない。彼らを切り離す何かを、求めねばならない。

「……うるさいわね。こっちにも事情ってものがあるのよ、事情ってものが」

「そりゃあ、魔術師としてって事で」

まぁ、そうね。とフィアラートは頷いた。分かり切っていたことだが、さも関心があるように頷いておく。

当然だろう。何故なら、以前も彼女はその為に此処を訪れているのだから。といっても、その時はこんな早い時期ではなく、旅の中での寄り道であったのだが。

しかし、まだ女と言い切れない年頃。未だ少女と呼べる年齢の頃からこの場所を狙っていたとは、素直に脱帽ではある。

恐らく、かつての彼女は依頼を出す事に失敗したのだ。此処にたどり着けず、諦めさせられ、都市での研究に執着した。であれば、早々に此処に連れてきてやった俺に感謝して欲しい。勿論彼女はそんなこと知りもしないのだが。

「何、あんたなら大丈夫さ。魔術の研究だろう。出来ねぇはずがあるかよ」

救世の旅での姿が瞼に思い浮かぶ。あの、魔術であれば万物を変えられると確信した、自信に漲るフィアラート＝ラ＝ボルゴグラードの姿。こと魔術に関して、彼女に不可能があるとは、とても思えなかった。

「勝手な事言わないでくれる」

だが、俺の軽口に返ってきたのは、妙に固く変質した言葉だった。思わずぎょっと目を見開き、後ろを振り返る。

「私の事を知りもしない癖に、大丈夫ですって？　気軽にいってくれるわね！　これだから、これだから考え無しで、学識のない奴は……まぁ、どうでも良いけれど」

言葉は固さを持ちながら、それでいて熱を帯びていた。その黒い瞳にも仄《ほの》かな煌きが見える。冷静沈着で、何処かに何時も余裕を抱えていた彼女の妙に気焦った姿は、何とも奇妙なものだった。

「学識がないのは事実だがねぇ。知ってるさ。依頼人様のことは事前にある程度調べる主義でな。此処からさらに東、ボルヴァート朝からの留学生。学院で古今の魔術の研究に腐心してるってね」

フィアラートの言葉に、何を言っているんだ、とばかりに、噛み煙草を口に含んで歩みを進める。

勿論彼女のことなど、わざわざ調べてはいない。だが旅の時に耳にした話では、彼女は此処ガルーアマリアで研究に腐心し、早々に頭角を現して一目置かれていたと聞いている。であるならば、なるほど、天才ならではの悩みというやつがあるのだろう。凡人には想像も及ばないが。

「……ああ、知っているの。知ってた上で依頼を受けたのね。そう、じゃあ精々馬鹿にしなさいよ。外から来た小娘が、荒唐無稽《こうとうむけい》な馬鹿をやってるって」

今日は驚く事ばかりだ。なんだこの言葉は。自虐か。それとも彼女の、新手のジョークだろうか。全く笑えはしないが。

「おいおい、勘弁してくれよ。才あるやつの卑下なんてのは、天に唾吐くようなもんだ。自分に返ってくるんだぜ」

「才能ある？　ふん……馬鹿にして。じゃあ、貴方は私に乗れるのかしら。私が成功できると、欠片でも思っているわけ？」

「勿論。ああ、だから依頼を受けて、此処に来た」

よく、分からない。彼女は幼少から才気に溢れた人間だと聞いていた。なら当然、誰もが彼女の未来、その栄光に賭け金を上乗せするだろうに。俺のようなドブネズミに聞くことか。

一瞬、後ろからの声が押し留まる。何それも都合が良い、丁度、着いた所だ。

罠に敢えてかかったもう一つの理由が、此れだ。

「さて着いたぜ、依頼人さんよ。此処があんたの目的地だろう？」

フィアラートの息を呑む音が聞こえる。驚いたようで、嬉しがっている様で、何処か感情を整理しかねている様子。なるほどこればかりは、多少得意げな顔をしてもいいだろう。

狭く暗い通路を踏破して出た場所は、広い聖堂。そう、此処こそがこの地下神殿本堂。フィアラートの目的地にして、紋章教徒達が守り続けた知識の集積地。


『真摯なる者』


人体が壁に埋もれた、いや吸い込まれたと、そう表現すべきだろうか。カリア＝バードニックは怪訝な表情で眉間に皺を寄せながら、石造りの壁を白い指でなぞってみる。そこからは当然の感触が返ってくるだけで、先ほどのように罠が発動する気配はない。

思わずカリアの口内が舌を打った。このような陳腐な仕掛けに身を任せるなぞ、何を考えているのだ。それもあの女、確かフィアラートなどと名乗る魔術師を連れて。

カリアは己の胸の奥底で、僅かな情動が沸き上がるのを感じていた。それはパーティーが分断された不安などではなく、何とも形容しかねる、そして心地よいとはとても言えない類のもの。

壁にルーギスが吸い込まれる間際、その手が魔術師の腕を取ったのが、カリアの銀の眼に映っていた。勿論傍から見れば、それはただ近くにあったものを思わず掴んでしまった、反射的な行動にも見えるだろう。ただ、少なくともカリアの瞳には、そのように映らなかった。カリアにはまるでルーギスの手が、あえて魔術師を選び取ったかのように、見えたのだ。

ふと、指先に知らず力が籠っていたのを、カリアは感じる。

もしルーギスが、敢えて魔術師を選び取ったのだとすれば、その理由は何だ。罠にかかった人間が、手を伸ばすもの。

それはもしかすると、頼りになるものに手を無意識の内に伸ばしたのでは、ないだろうか。カリアの長い睫毛が、瞬いた。

なるほど、確かに己は魔術は使えない。精々剣を振るくらいが能というものだ。だがまさか、奴め。もしも、もしもの話だが、ルーギスが頼りになる方をと思い、無意識的に手を伸ばした結果が、己ではなく、あの魔術師だというのであれば。

カリアの整った顔が、歪む。眉根がつりあがり、奥歯が僅かに、鳴った。己がルーギスの前で失態を演じたことがあるのは、事実。大木の森では、その失態をルーギスに拭われた。その事実が余計に、カリアの胸をざわめかせる。

だが、己とルーギスは、紛れもない仲間であるはずだ。ガーライスト王国を出る際に、そう奴も誓ったはずだ。だというのに、奴は私の事が頼りにならないとでも言うつもりだろうか。私を置いて、あの魔術師を選んだと、そういうのか。

勝手な憶測だとは、カリアも理解している。だが一度思いついてしまえば、どうにもその考えが頭を離れず、固い岩のように頭の中に居座ってしまう。

「指針を決めましょう。状況は最悪です。パーティは分断、合流の目途は無し。最善は勿論、救援を求めて都市まで帰還すること」

表情を硬くしたカリアの耳に、その声が投げられた。ふっとカリアは瞳を大きくして意識を戻し、その言葉をかみ砕く。

この男、ヘルト＝スタンレーのいう事は正道である。それこそ一かけらの曇りもない。罠でパーティが分断された上、救援に向かって二次災害に陥るなぞというのは余りに不出来。取りえる手段として最良であるのが二人だけでこの場を脱出し、救援を呼びに戻ること。次点が、暫く此処で様子を見、離れたメンバーが罠を脱するのを期待する。愚策が残った者らで救援へと向かうこと。

カリア＝バードニックは銀の瞳を細く揺らしながら、一瞬言葉を脳内で蠢《うごめ》かした。そして、舌に言葉をのせる。

「いや、前進する。後退は余りに結果に期待できない。結果を求めるなら、最上のものを」

「奇遇ですね。ボクも同じ思いです。時間は巻き戻らない。遅れれば遅れるほど、救助の可能性は減じる」

銀髪を揺らしながら放たれた言葉に、間断なくヘルトは頷いた。

敢えて愚策を選ぶことこそが良であるのだと、両名は断じていた。それはどこまでも感情的でありながら、理性的な打算の結果でもある。

本日、此処には何日も野営をするための装備などもってきてはいない。一人が持っているのは精々が一日分の食料と水。そしてガルーアマリアからこの神殿までは馬車で一日。たとえその脚を存分に働かせたとしても、救援を呼んでこの場に戻るには都合二日は最低かかる。

五体満足であるのならば、それでも問題はない。高々一日ほど食料がないだけで人は死にはしない。上手く節約すれば、二日分程度はもたせられる。

だが罠にかかったとなれば、五体満足でない可能性も十分だ。負傷、大怪我、四肢の喪失、出血過多。そうなればたとえ一日でも無事かは分からない。であれば、であるのであれば、行くべきであろう。その身を案じるのであれば。早急に物事にあたることこそが、最善の策なのだ。

「それに、あの男はきっと罠にかかろうが先に行っている。ああ、そういう人間だ奴は」

未だ頭の中には固い岩のような感情がありながらも、なお皮肉ったような、仕方がないとでもいうような声色で、カリアは言葉を石造りの廊下へと染み渡らせた。周囲は暗く、灯りをつけてやっと周囲が見渡せる。地下神殿というだけはあり、その奥深くに本堂は隠されているのだろう。元々、神秘の象徴たる神殿を地下に隠匿《いんとく》するというだけでも異常なことだ。迫害され、身を追われた紋章教徒達であればこそ、このような不法を思いついたのであろうが。その構造はカリアには全く想像がつかない。

だというのにあの男はと、思わず想像の中のルーギスの姿に、カリアは笑みを浮かべ、喉を鳴らした。

「……このような危急の時の話ではないとは思いますが、もしかするとカリアさんは、高貴な出の生まれでは？」

その感情の零れを耳ざとく聞きつけたのか、灯りを持って前を歩くヘルトが言った。何故そう思うのか、とカリアが聞くと、ヘルトは柔らかい口調で返してくる。

肌の焼け具合も、声の調子も、言葉の使い方も、低劣な庶民と高貴な者の出では当然に格差がある。庶民に洗練された言葉づかいは必要なく、過酷な肉体労働に酷使される身体となれば、その肌は焼け、身体の形にも特徴が表れる。

そのような者とは外れる、妙に浮き出た存在がギルドにいたものだから、最初からカリアの事が気にはなっていたと、ヘルトは続けた。

なるほど。カリアは自らの白い指を見つめながら自然と頷いていた、確かに、その通りなのだろうと。この手は剣は握れど農作業などしたことはなく、麦の摘み方も知りはしない。工具の握り方も、雑巾の絞り方も。そう思うと、何ともこの手が頼りないものであるかのように思えてきた。そうだ、確か、奴の手は異様に、そうそれこそ煤《すす》けていたという表現が相応しいかのような、そんな手をしていた。

「では、もう一つ疑問が。カリアさんとルーギスさんとは、どういう御縁で」

妙に、言葉を選んでいるような話し方で。それはヘルトの胸中に存在する真摯さと、潔癖さの表れだったのかも知れない。

「意味が分からないな。私がどのような者と共にあろうと勝手だろう？」

「ええ、それは勿論。ですが、出自が違う者どうしが一緒にいるというのは、中々に珍しいでしょう」

それは、やはり当然だ。カリアとルーギス。この二人が同じ出自の者かと問われれば、その特徴が違いすぎる。カリアの節々に醸し出される所作や雰囲気が高貴なものであれば、ルーギスの在り方は、まさしく庶民のそれだ。

カリアは顎を撫でた。例えばカリアが主人であり、ルーギスが従僕であるというのなら何ら不思議はなく納得されるだろう。しかし、ギルドでの取引や此処に至るまでの過程からして、中々そうとは言い切れない。いやまず第一に、カリア自身も、己とルーギスとの関係性を上手く掴めてなどいなかった。

「なんと、言ったものかな。私と奴の関係か……」

「ええ、こう不思議というか。カリアさんは、ルーギスさんをとても、信頼。そうですね、信頼されている。もしやお二人は恋仲なのかなと、詮もない事を考えてしまったもので」

その言葉に、思わずカリアの思考が静止する。それは何者かわからぬものの手で、脳漿《のうしょう》を鷲掴みにされたかのようだった。

恋仲。互いに愛し合い、相思相愛である者たち。愛を囁き、紡ぎ合う間柄。私と、奴が。いや、それはあるまい。そんな事はあるまい。まだ会って間もないわけで、身分も違えば、生き方も違う。そんな二人が相思相愛であるなどと、そんな事があり得るだろうか。うむ、そうだあり得るはずがない。

いや待てよ、カリアは自身のその思考を一度押しとどめる。しかし恋というものは至極刹那的に胸中に舞い降りるものであると聞いた覚えがある。であれば会ってからの期間などなんの証左ともならないわけで。

しかし、いや待て、そういった二つの思考を順繰りにしながら、むぅとカリアはその柔らかい唇を線にし、それから答えた。

「仲間。そう、仲間だな。それが一番相応しい」

そうだ。自分でそう言ったのではないかと、カリアは思考を持ち直した。その言い方が、一番ふさわしい。勿論、出自が違う者同士が仲間という間柄なのも、それはそれは奇異なものなのであるが。それは今はいいだろう。

ヘルトは、疑問を残した声でなるほど、とつぶやき。そして言葉を続けた。

「良い機会ですので、今言っておき、お聞きしておきたい――正直にいうと、ボクはあの方に余り良い印象を抱いておりません。危険視すらしています」

平時より少し、暗い。一つほど段階を落としたような声。その言葉に、何とも律儀なものだと、カリアは閉口した。

詰まる所、ヘルトの言わんとする事はこの一言だったのだろうと思う。だが、それを恋仲とも仲間ともわからないカリアの前で言い、尋ねるのは不義理であり時には無礼だと、そうヘルトは断じたのだろう。ゆえに態々カリアの口から関係性を話させた上で、己の気持ちを吐露する。

真摯というべきか。生真面目というべきか。ある意味、奴とは真逆のタイプだとカリアは思わず頭に手を置いた。

「悪辣、とまでは言えないかも知れません。ですが間違いなく善良な者ではない。カリアさん、貴女はそれをご承知の上で、彼と一緒に?」

なるほど、彼、ヘルト＝スタンレーとはこういう性格なのだと、カリアはこちらを振り向いたその端正な顔つきを見つつ、理解した。

正しくないものを、正しくないと言わずにはおれない。不正をそのままにはしておけない。正義と悪の関係を、正面から見つめ続ける。そういう何処までも真っ直ぐである者。それが彼なのだ。

「ボクは今、フィアラートが心配で堪りません。胸中は今にも張り裂けそうです。貴方という目がなければ、取り乱してすらいたかもしれません。ですから、言っておきたい。もし、万が一彼が、フィアラートに危害を加えているような事があれば――ボクは彼と敵対します」

その時、貴女はどうするのかと、そう問われている。カリアは言外の意味を漏れることなく受け止めていた。

突発的な組み合わせとは言え、パーティを組んでいる相手と敵対する。たとえ相手が先に手をだした上での想定だとしても、その思いが胸中にある事を伝えない事自体が不義。彼は、そう思っているわけだ。

カリアは、銀色の瞳を瞬かせ、言葉を舌の上でゆっくりと練った。

『我は正しき者にあらず』

「ボクは今、フィアラートが心配で堪りません。胸中は今にも張り裂けそうです。貴方という目がなければ、取り乱してすらいたかもしれません。ですから、言っておきたい。もし、万が一彼が、フィアラートに危害を加えているような事があれば――ボクは彼と敵対します」

薄暗い地下神殿の中、ぽぉっとした灯りが周囲を照らすだけのその空間で、自らの白い指を見据えたまま、カリア＝バードニックはその言葉に首を捻った。

おかしな事だ。いいや、むしろこれが正常であるのだろうか。だが自らの心情がどうにも理解しかねる。

ヘルト＝スタンレー。彼は間違いなく正しさを是とする人間であり、そしてその言葉には真摯さが籠る。信頼出来るか出来ないかで言えば、恐らく信頼できるのだろう。

しかし、出会ったのは数日前。むしろこうして真面に言葉を交わしたのは今此処でが初めてだ。だというのに、何故だ。何故だろうか。何故こんなにも、さも彼の言葉が正しいかのように、思われるのだろう。ルーギスの奴が、フィアラート＝ラ＝ボルゴグラードに危害を加えていると言った瞬間、まるでそれが真実であると、脳が判断を下しかけた。

「……それは今、問答することではない。その時になれば、私は必要な処断をする」

「その真摯な言葉が、正当なものであることを祈りましょう」

自分が発した言葉でありながら、カリアはその内容の醜悪さに辟易した。必要な時に必要な処断をする。

何という言い逃れだ。己が最も憎む、曖昧、誤魔化し、ペテンの類ではないか。やはりおかしい。今この思考はどこか真面ではない。そう確信できる。しかし何故。理由が分からない。

ルーギス。奴は、ヘルトの言う通り善人とはとても言えない。飄々《ひょうひょう》としていながら、涼しい顔で悪事を成す。人を騙しにかける事も平気だろう。ヘルトは悪辣とまでは言えないと言葉にしたが、短くも妙に濃厚な付き合いを経たカリアからすれば、間違いなく悪辣な類に入る。目的の為には手段を選ばない、そういう輩だ。

ああ、ではやはり。ヘルト＝スタンレーのいう事は正しいのか。

直感だけでない、推察でもそう賽《さい》の目は出た。であるならば、そうであるならば、正しい事に従うべきだ。

「どうしました、カリアさん？」

ふと、考え事をしてしまった所為だろう。俯いたまま自然と足が止まっていた。石畳に、僅かな灯りで照らされた影が揺らめく。

何でもないと、そう応え。更に言葉を続けようとした。貴様が正しいと。正しいことは、当然にそう行うべきだと。灯りは少ないにもかかわらず、ヘルトの存在感は熱を増すばかり。太陽のような潔癖さと、真実を照らしめるその光。ああ、なるほどやはり、それは正しいのだ。

俯いた状態から、カリアが顔を上げようとした時、一瞬、目の端で何かが動いた。

それは、影だ。影が、光に逆らう様に、揺らめき、動き、形を成してカリアの眼中に留まっていた。

――それは神の寵愛を受けし者の言葉、もたれかかり寄りかかるのは、なんと素敵なことだろう。

影だ。それは影が話しかけてきている。その言葉が、耳に響いているのだと理解できてしまう。

余りにもあり得ない事に、カリアはぱちぱちと目を瞬かせ、出かかった言葉を素早く息と同時に飲み込んだ。

――故に、見限るなら見限るが良い、カリア＝バードニック。飼い慣らされた羊が、盲目的に羊飼いに従い、そのまま崖の下へと落ちるように。何も考えず、何も疑問に思わない。

その言葉は実に荒々しい、嵐のような有様。下手な演劇を目の前で上演されているかのよう。身体は凍り付いたように動かず、喉も震えることすら出来ない。

だが、その内容には承服できない。思わず、動かないはずのカリアの奥歯が鳴った。

――まさしくそれは至福だろう。溺れろ、溺れてしまえ。さぁそうして、理性など捨て去ってしまうがいい！

黙れ。その言葉は喉から出ず、僅かに口内が震えただけ。

カリアの身体は髪の毛の先から、足の爪に至るまでが毒を盛られたように燃え盛っている。胸中は沸騰し泡を噴出させ、その表情は動かすことさえ出来れば、凶相が浮かびかねない。

だが、紛れもなくその銀の瞳には、燃え盛る憤怒が煌いている。ああ、そうだ。何ということだ。くだらない。ああ、くだらないとも。

正しいことが素晴らしい。どの口でその言葉を発し、どの頭でその考えを思い浮かべるというのだ。ギルドの禁を破り、大木の森に踏み入った身で。騎士階級として、余りに奔放な生き方をしてきた身で。

思わず、カリアの脳内に、この世全てをあざ笑うような、そんな嘲弄が浮かんだ。

――私を誰だと思っている。無法と共に家ですら踏み捨てた、カリア。愚かなカリア。

影を睨み付け、言葉を返すように、カリアは心の中で発した。

カリアは軽く肩を竦める。不思議と、もう身体は動くようになっていた。影も、すでに言葉を発しようとはしない。それが幻聴であったのか、真実、影が発した言葉であったのか。それはもう分からない。

結果の為には手段を選ばない。当然の事だ。私だってそうだった。それを急に是正し、捻じ曲げろと。それこそ、己の矜持を踏みにじるものではないか。

「……ああいや、決めたのさ。もし、ルーギスが不法を行っていた場合、だったな」

足を止めたままのカリアを見つめる、ヘルトにそう言葉を返す。その存在は未だに神々しく、紛れもない熱を放っている。

「ええ。今は契約上、フィアラートは彼に手を出せない。何が起こっていても、それはおかしな事ではないと、ボクは思います。であれば、その時の責任はボクが受けなくては。あの時、フィアラートを止められなかった責任を――その時に、貴女まで手に掛けたくはない」

「そうか」

なるほど正しかろう。素晴らしい。喜びすら感じる。カリアは再び身体を動かし、銀色の髪の毛、その房を跳ねさせ、腰元の剣を、揺らした。

「では残念だが相いれない。貴様がどう思うかは知らんが、奴は、ルーギスは私の命を救い、名誉を守った」

大型魔獣との闘い。コーリデン砦での問答。そして、バードニック家よりの脱出。どれもこれも、無法ばかりだった。本当に、仕方のない奴だと、カリアは何か微笑ましいものをみるような、そんな微笑を浮かべる。

それは見ている者も和ませるような、優美な笑み。晴れやかで、温厚さを感じさせる笑みだった。そうそれが、銀の長剣を引き抜いたカリアが浮かべるものでなければ、間違いなく。

「私は正しい事は己で決める。私を此処に導いたのは奴。そしてその手を取ると決めたのは、私だ。であれば、もはや選択は決まっている――私と奴は、仲間なのだからな」

心が弾けた。そんな感覚にカリアは陥る。ああなるほど、これはもしかすると、奴を想う、そういう心情なのかもしれない。重い枷《かせ》が取れたようですらある。しかしこれは恋慕だとか、情愛、色事などでは表しきれまい。であるからこそ、仲間と、そう言い切る。

暗い、未だ薄暗い地下通路の中。銀の長剣を引き抜き切ったカリアと、目を見開き驚愕の表情を浮かべたヘルトが、静かに対峙していた。

『その始まりの福音』

「よもや、文句は無かろうな」

大袈裟な独白が響き渡る。周囲の黒々とした空間にその声はしみわたり、溶けていく。

そこは、その世界はこの影の為に用意されたかの如く。まるで、その領地であるかの如く。全てが影の意のままに。

「先に手をだしたのはそちらだ。それに、忘れてはいまいな。此処は私の本領」

影に、うっすらと輪郭がついた。それは悪魔のようで、やはり人間のようで、しかしてまた別の何かの様。掴みどころのない、形容しがたい何か。しかし、それには確かに、輪郭がつき始めていた。

「私が己の寝床でちょいと小指を動かしただけの事。それに何の文句があるというのかね！」

大仰な笑い声が、黒の中に再び吸い込まれる。狂ったように、しかしてどこまでも嬉しそうに、その笑い声は止まらない。

全ては黒の世界に吸い込まれると知りながらも、何時までも、何時までもその声は響き渡っていた。

＊

神殿の本堂。紋章教徒の知啓、機知の集積地。そこには彼らの信仰の対象と言える紋章と、その下にかき集められた書籍、石板、はたまた使い道の分からぬ小道具までもが、所せましと積み上げられていた。

まさしく圧巻だ。此処一帯の王国で、これほどの智を集積できている場所が果たしてあるだろうか。紋章教徒は常に知識と文字、それらに準ずるものを収奪し、掻き集めるのを教義の一つとしていた。この世の真理は探究の中にあり、紋章がそれを指し示す。彼らのお決まりの文句だったはずだ。知識崇拝、とでも言えば良いのだろうか。その収奪は時として度を超え、その為に戦乱を巻き起こしたことすらある。流石にその内容を詳しく知りはしないが。だがその好戦的とも言える信仰姿勢と、知識への狂的な崇拝が、浸透には程遠かったのは確かだ。むしろ排他的な思考、哲学ですら知識の一つとして掻き集めるものだから、年代が進むごとにその勢いが衰えていったのは、ある意味当然なのだろうか。

「すっごい！　見て、見なさいこれ！　こんなの学院の図書館や研究室――ううん、何処でだって見たことないわ！」

だがその教義のお陰で、今此処に智の集積地が出来上がっている。

そこで纏めた黒髪を思う存分躍動させている彼女、フィアラート＝ラ＝ボルゴグラード。その遠目にも分かる輝きを帯びた瞳と、リズムを刻む足先、弾む胸元を見れば、いかに彼女がご機嫌であるかが伺える。

しかし、だとしても、幾分かはしゃぎすぎではないだろうか。少なくとも、かつての旅の折に、フィアラートがこの場所を訪れた時、こんな仕草はしなかったはずだ。いや勿論、今の彼女と、かつての彼女。年の差があると言ってしまえばそれまでなのだが。

「そんなキャベツ畑を見つけた蝶みたいにはしゃいでないで、見繕うもんは身繕ってくださいよ、雇い主さん」

「もぉ、こう、風情ってものがわからないのね。毅然とし、されど自然であれ。それがボルゴグラード家の教えなのよ。だから、喜ぶ時には喜ばないと」

初めて聞いたぞ、そんなもの。

毅然たる態度、というのは確かに以前の旅でも思い当たる節はあるが。自然、ありのままの姿、自然体。なるほど、どう足掻いても、俺の中に存在するフィアラートの姿と同一になりそうにない。事実、目の前で陽気にステップを踏んでいる彼女は、かつての彼女の面影は勿論残るものの、根本的な部分で何処か食い違っている気すらする。

はて、この時代から救世の旅に至るまで、彼女に、何かその人生観を変えさせる出来事でもあったのだろう。

何となしに、すぅっと素早く息を吸い込んで身体を立たせる。

「あら、貴方、田舎文字だけじゃなくて、正式な文字も読めるの？」

「お気の毒様。これでも色々と仕事はやってんだ」

くるくると頭の横で指を回しながら、得意げに肩を竦める。よもや、救世の旅の途中でアリュエノに習ったとは格好悪くて言えやしない。それまでは勿論、田舎で使う、崩れた文字や記号文字しか使えなかった。

本の背表紙を眺めながら、ゆっくりと視線を動かす。本なんて贅沢品を所有するのは、一つの財産を所有する様なもの。それが数え切れぬほど並び立っているというのは、どうにも息を呑んでしまう。然るべき伝手があればそれはそれは大きな財産になるんだが、それは俺には到底無理だ。

本なんて高級品を売るには、それ相応の格式と、伝統が必要になる。俺のようなドブネズミが大量の本を持っていた所で、足元を見られるか、もしくは詐欺師と決めつけられるだけだろう。

内心でため息をつきながら、顎を撫でて、適当に金になりそうな小物だけは懐に入れておく。見覚えがあるような、ないような。それも含め、此処には金になるものが多いはずだ。俺のような小物には、こちらの方が本よりよほど似合っているだろうとも。噛み煙草によく似たものがあったので口に含んでみたが、似ても似つかない、酷い匂いがした。

「凄い。本当に凄いわ、夢のよう。いえ、夢かも！　こっちには何があるのかしら！」

そう、フィアラートの声が響いた。

ああ、確かそちらは、大礼拝堂となっていたはずだと、扉を指さして応えた。人が数十人は入れるほどの広さで、とても地下に作ったとは思えない空間。

かつて俺達が訪れた時は、人の骨や血の跡、剣や鎧が散乱していた。此処は旧教徒、紋章教徒達の最後の砦であり、福音戦争の際、敗北を知った彼らは人知れず此処で息絶えたのだろうと、そうフィアラートは推察していた。恐らく生前には美人だっただろうと思われる女性の亡骸もあり、俺もそこでは思わず祈りを捧げたものだ。

福音戦争。旧教徒の大反乱とも呼ばれるそれ。各地で息を合わせたかの様に、弾圧されていた旧教徒達が戦乱の烽火《のろし》をあげ、周囲一帯の国々を混乱の渦中に引きずり込んだ大戦。

ガーライスト王国のように大聖教一つに固まった国はまだ良かったが、旧教と大聖教がお互いに主張しあい、内乱に陥った国も少なくなかった。加えて大反乱と呼ばれるだけあり、その影響力は小さくなく、事実、今まで鉄壁の城塞都市として君臨していたガルーアマリアも、旧教徒による内外からの攻撃によって一度陥落した。

だがまぁ、歴史に大きな傷跡は残したものの、勢いはそこまで。局所的な勝利はあれど戦略的に敗北を続けた旧教徒達は、結局最期はこんな地下神殿で、自ら死を迎える終わりを選んだわけだ。

正直、その残骸は余り見て気持ち良いものじゃあない。そう考えた所で、何かが脳裏を過ぎった。

いや待て。何か俺は、重大な見落としをしているのではないか、と。

そう、そうだ。まるで周囲をしっかりと固めているのに、肝心の中心部を見落としているような。初歩的な何かを、忘れている様な。

フィアラートが、へぇ、と呟いて扉に手をかけ、その溢れる好奇心のまま、勢いよく開いた。

――扉の先には、鈍く光る槍の穂先を突き付けている聖堂騎士さながらという者達と、敵意をもってこちらを見つめる数十もの瞳。

フィアラートの顔が一瞬にして固まり、青ざめた。俺は踵の奥から這いあがってくる怖気を感じていた。

その大広間ともいえる礼拝堂に、綺麗に響き渡る声が、耳朶を打つ。

「なにやら侵入者がいるとは聞きましたが、よもや此処まで及んでいるとは思いませんでした」

美麗な女だった。周囲に響き渡る声を持ち、威厳と、清らかさを併せ持つ顔つき。その瞳は何処までも純粋であり、そして何処までも狂的だ。

「我らの信仰を害するだけではなく、あまつさえその泥まみれの靴で、聖堂英知を踏み躙《にじ》るとは――何たる大罪、何たる侮辱！　ええ、命じます。捕らえ、その身を八つ裂きに。我らの知性の礎に！」

ああ、そうだ。そうじゃないか。俺は一体全体、どうして頭を曇らせていたんだ。

ガル――マリアに来る時には、確かに思い至っていたはずだ。紛れもなく、これを警戒していたはずだ。だというのに、フィアラートをヘルト＝スタンレーから切り離すという、僅かな企みが成功しただけでこの失態。ああ、なんという大まぬけだ俺は。

「嘘、だって、旧教徒はずっと前に此処より以東に旅立ったって……!?」

唇を震わせながら言葉をひねり出したフィアラートの両腕を、鎧を着こんだ者達が捕らえる。

彼らは紛れもない。旧教徒ご自慢の紋章騎士団の一隊。そして命令を下しているのは、恐らく福音戦争において聖女と尊ばれた女。全ての始まりであり、そして全てを鮮血に彩った女。

ああ、馬鹿だ。俺は大馬鹿者だ。

――福音戦争はまだ終わってなんかいない。第一、始まってすらいないんだ。

『虜囚《りょしゅう》とその悍ましい者』

「不敬者達。貴方たちにも時間をあげましょう。自らの不敬と罪を深く後悔し、そして我らが神へと懺悔する時間を」

　そう好きなように言い残し、聖女と呼ばれた女は、踵を返して礼拝堂へと帰っていく。なるほど俺達には欠片も興味がなさそうだ。精々盗掘者とでも思っているのだろう。いや、それが事実なのだが。

　本がうず高く積まれ、小物がいやというほど散乱した部屋。先ほどまでフィアラート＝ラ＝ボルゴグラードが陽気なステップを踏んでいた部屋の片隅が、今は俺達の居場所だった。

　隣には背中を丸めこみ、その瞳を大いに潤ませたフィアラート。その四肢の至る所に、悲劇を表現する要素が備わっているようだった。例えば悲嘆に暮れる泣き濡れた頬だとか、幽鬼のように青白い怯え切ったその両肩だとか。

　しかしそれも、全く無理もない。何せ、自らの命を狙う首切り役人が幾人も部屋の中をうろつき、脱出口は遥か遠い。おまけにその両手は後ろ手に縛られている状況では尚の事。

　俺も苦手な女が相手とはいえ、涙をふき取ってやるくらいの度量は見せたいのだが。何せ俺もまるっきり同じ恰好であるわけで。精々頭を突き出すくらいしか出来そうにない。

魔獣脂を使った燭台、陶器で形作られたそれが、俺達を見張る様に目の前に置かれている。その揺らめく炎から作られる影が呑気に壁に寝転がっており、俺達が少しでも動けばよくよく周囲の視界に入るようになっているらしい。

「そんで、俺らは何時まで生きられるんで？」

死ぬ、死んじゃう、と小声で呟き続けているフィアラートを後目《しりめ》に、乾いた唇を濡らすようにして、見張りへと声を掛ける。

反応はない。なるほど、見張りは虜囚と言葉を交わしてはいけない、その程度の事は弁えているらしい。

まぁ、たとえ口が利けたにしろ、交渉や金で釣られる輩とも思えんが。何せ相手は歴史上有名な狂信者の軍団、紋章騎士団様とその御一行であられるわけで。

肺の奥からひねり出すようにして、大きく、そして暗澹とした溜め息を漏らした。

状況は不味い。大いに不味い。先ほどよりも兵の数が少ないのは、他の侵入者、詰まる所カリアと、ヘルト＝スタンレーを捕らえにいったからだ。無論、奴らは捕まらん。手練れ相手であろうと、簡単に捕まるほど柔な奴らではない。それはよくよく理解している。それに、もしかすると俺とフィアラートがトラップに掛かったのを見て、街へ引き返している可能性もある。

つまり、問題があるのは全てこちら側だ。大方連中が俺達を生かしてるのは、残りの侵入者への対処方法の一つ、もしくは、後程拷問でもして情報を吐かせようってな腹に違いあるまい。今のところは縛られて放置されてるだけである以上、前者の方がありそうな話だ。勿論、両方という線もあるのだが。

しかしそうだとして、奴らにも堪忍袋《かんにんぶくろ》の緒というものがある。この先、生きるも死ぬも奴らの手のひらの上ってのはどうにも、心地いいもんじゃあない。

「ヘルト……ヘルトォ……助けてぇ……」

そして、隣のフィアラートも、この状態が続けばもちそうにない。頬を何度もその瞳から漏れる水分で濡らしながら、虚ろな表情でヘルト＝スタンレーの事を呼び続けている。

かつての旅の時、彼女のこんな様子を見たことがなかった。取り乱している様子は勿論、此処までヘルトに寄りかかっているものとは、思いもしなかった。

瞼が一瞬震え、額が熱くなったのが分かる。なるほど確かに、奴は頼りになる男だろう。こんな時だろうが、奴ならあっさりと解決してしまう様が、俺の頭の中にだって過ぎってしまう。何も出来ず、無様に捕まっている俺とは違って、だ。

「はぁ……あんたねぇ、そんな弱音ばっか吐いててもしかたねぇでしょう。ほれ、こいつを何とかしてくださいよ」

そう、小声で囁きながら、後ろ手に縛られた縄を見せるように動く。影は、僅かに揺らめくのみだ。

唯一この状況で幸いなのは、フィアラートが魔術師だと奴らに露見していない事だけ。

今の彼女は魔具の一つも持っていなければ、目に見える場所に刻印も施していない。それに、魔術師は俺のような薄汚い冒険者を隣に置くことは少ない。未だ気づかれていないのであれば、これは好機だ。

この程度の簡単な縄であれば、フィアラートが風の流れを手繰るか、もしくは火花を起こせば焼き切れる。身動きが自由になれば、こちらにもやりようってもんがあるさ。先刻のように、真正面からというわけでもないんだ。

俺の言葉に、フィアラートは一瞬押し黙ると、ぼそりと何事かを呟いた。その泣きぬれた頬を、魔獣の脂が生み出す炎が照らす。

「……無理。こんな状況で、そんなの出来ない」

唇を尖らせて、涙を双眸に溜めて呟かれたそれは、彼女に似合わない、まるで拗ねたような口ぶりだった。その様子に最初は目を剥いて、そして次に眉間に皺を寄せて口を開く。

「いや、出来ないってこたないでしょ。ちょろっと魔術で操作してもらうだけですよ。天才のあんたならできるって……」

「だから、天才って何よ。馬鹿にしてるの……ああ、それともこの期に及んでからかってるわけ」

その言葉は投げやりで、ぶっきらぼうで、取り付く島もない。

言い切ると、再びフィアラートは涙を零す。そして頬が濡れきると、彼女は自嘲したような表情を浮かべた

この様子は、あまりにあんまりだ。取り乱すにも程がある。こんな様子は見たことがない、ではなく、想像すらした事がない。あの、フィアラートが。あの、魔術師殿が。

「私なんて……私なんて、幼い頃から、人並みに何か出来たことなんて何もない。人並み以下に、器用貧乏には色々できたけどね」

そんな私が、こんな、碌に集中も出来ない状況で、魔術を使えるわけないじゃない、と。フィアラートはか細い声で言った。

頭が、空となった。脳裏には何も思い浮かばず、唇は言葉を紡ぐことはなく。暫くそのまま、何ともうまく、彼女の言葉を咀嚼《そしゃく》ができずにいた。

人並みに出来たことがない。彼女が。フィアラート＝ラ＝ボルゴグラードが。馬鹿を言え。救世の旅の中でも、圧倒的に多彩な分野へ精通し、何であろうと人並み以上にこなしていたのが彼女だ。少なくとも、ああ少なくとも、常にそう在ろうとしていた女が、フィアラートであるはずだ。だというのに、何だこの少女は。余りにも小さく、怯え、震え、吹けば飛んでしまいそうなほどか弱い少女は。

「どうせ、無理なの。ずっとそう、諦めてばっかり。私になんて、出来るはずないの。意地になって学院にまで留学して、とうとうこんな所にまで来ちゃったけど、最後は無残に死ぬだけ。馬鹿な最後よね。ああ、きっと私は一族の笑いものよ」

頭が痛くなりそうだ。諦めてばかり。馬鹿を言うな、それは誰のセリフだと思ってる。

第一、彼女はガルーアマリアにおいても、才女として尊ばれたのではなかったのか。少なくとも俺が伝え聞いていた話ではそうなっていた。

何だというんだ、一体。俺が知らない所で、物語が捻りでも加えられたというのか。それとも、元々フィアラートという少女はこうであり、何か切っ掛けがあって、変生したとでも、いうのか。

何とかフィアラートの自虐を押しとどめようと、口の中で言葉を練り始めた時。その言葉が、彼女の小さな唇から、零れた。

「大体、貴方の縄が切れた所で、一体何が、できるっていうのよ」

それは、まるで八つ当たりのような一言。涙声で、呂律《ろれつ》もあまり回っておらず、泣きじゃくった子供が発するのような言葉。

目を細めて、その言葉を受け止める。背筋は冷ややかなもので貫かれたように動かず、知らぬ内に瞼を剥いていた。身体は強張り、血流は自ら熱を持つようにして全身を駆け巡る。

「同じよ。貴方だって、同じ。貴方には何もできやしない。こうやって不様に捕まって、助けが来るのを待つのがやっとじゃない……」

思考はやけに綺麗だった。その途切れ途切れの声を一つ残らず拾い集め、頭の中で無理やりに組み立てていく。心音はもはや潜む事もなく鳴り響き、世界に轟《とどろ》かんばかりだった。

「ああ、一緒に捕まったのが……ヘルト、ヘルト＝スタンレーだったら良かったのに……！」

悍ましい程の感情が、踵から、指先から、果ては髪の毛の先から、這い上ってくるのを、感じていた。


『ドブネズミの矜持』

それはまるで、懇願するかのような、分厚い雲を突き抜けて天上の神へと祈るような、そんな言葉。

「ああ、一緒に捕まったのが……ヘルト、ヘルト＝スタンレーだったら良かったのに……！」

そしてその祈りの先に、俺はいない。

吐息が熱い。肺にて生成され、管を通り、熱気が全身に運ばれているのを体内で感じる。悍ましいほどの熱が、体内に籠り、循環していた。

かつてこの女と、フィアラート＝ラ＝ボルゴグラードと共に旅をしていた時ですら、このような吐き出すような熱と、外部を食らいつくしそうな憎悪を孕んだ事があっただろうか。

ああ、この時代でもか。今この時でも、貴様のそれは変わらないのか。

覚えがある。覚えがあるとも。魔術師殿。こんな切羽の詰まった場面ではない。当然、あんたはそんなに取り乱してなんていなかった。だが、あんたは事あるごとに、俺を見るたびに、言っていたよな。

——ああ、なんだ貴方だったの。ヘルトだったら良かったのに。

体内で沸き上がった熱の吐息が、口から零れ落ちる。妙に、体内が蒸す。

当然さ。当然の話だ。俺は所詮何処まで行ってもロクデナシのドブネズミ。フィアラートにすれば当然の評価を下したまで。実に全うで、素晴らしい。

今まで俺達の影しか揺らしてこなかった、陶器作りの燭台の炎が、ぬぅと、大きな影を一つ壁に映し出した。かちゃり、かちゃりと音を立てながら近づいてくるそれ。表情を兜で覆い隠し、几帳面に鎧を纏いながら、斬首剣を持った兵、いや、首切り役人とそう呼ぶべきか。

「——立て、一人来い。聖女様の達しだ。祈りは済んだか」

どうやら、彼らは早くも痺れを切らしたらしい。未だ地下神殿の通路を駆け巡っているであろう二人を捕らえる為、一人見せしめに殺しておこうとでもいう魂胆なのだろう。

フィアラートが、ひっ、と声にならない声をあげて竦む。顔はすっかり青く、狼狽し、望みも何もない。そんな表情を拵えていた。

俺の評価がドブネズミであるのは当然。フィアラートの中で、その評価はどうあろうと変わるはずがない。だから、それは受け止めてやろう。

だがこの感情を、背筋を這い上り、口から、瞳から吐き出しそうになるこの感情を、抑え込む道理というやつはない。

「全く結構。あんたは何時だって変わらないな、魔術師殿」

ゆらりと、壁に寝転がったままの影が揺らぎ、立ち上がる。

魔獣脂で作られた陶器の燭台は、自ら揺れ動くように活発に炎を揺らしていた。立ち上がった拍子に、懐に残っていた噛み煙草を落とすと、余計にその勢いを増していく。少し近づいただけで、その熱気がわかるほどだ。

すっくと立ちあがった俺を、その潤んだ瞳を丸めてフィアラートが見つめていた。予想外だとでも、言いたいのか。それは分からない。

「ご意見の通り、残念ながら今も昔も、そして未来だって俺ぁドブネズミのままさ。だから、ヘルト＝スタンレーのように華麗にあんたを救出する事なんて、できやしない」

それにこの様じゃな、と後ろ手に縛られた縄を見せつける。見張りも、あっさりと立ち上がった俺を見て、怪訝に表情を歪ませるも、途端に危害を加えるという事はなかった。

そうだろうとも。彼らには彼らなりの美学がある。俺を殺すのにも、その美学と技法に則って殺そうとしてるはずだ。加えて此処には見張りを合わせて五、六人の兵がいる。俺如きゴロツキが何をしようと、取り押さえられると、そう高を括っているのだ。

ああ、業腹だ。癪《しゃく》に障る。灼熱が胃の中を暴れまわっているぞ。見くびりやがって。貴様らもか。ああ、貴様らも、これがヘルト＝スタンレーであれば皆が槍持ち周囲を固めたのか。

そんな妄想に等しい馬鹿々々しい思考を回しながら、縄をぐいと引っ張り、肘を突き出す。眼下に見える、燭台の炎が妙に揺らめいて見えた。

なるほど、蹴り上げるだけじゃ威力が弱い。それに、奴らの不意をついてやらねばなるまいさ。

「だが魔術師殿。ドブネズミにはドブネズミの矜持がある。どうか離れて、ご観覧あれ。そして隙が出来たら一目散に逃げるがいいさ」

フィアラートにだけ見えるよう、後ろポケットに隠し持ったそれを、指でゆっくりと、ひねり出す。

それはガルーアマリアで買い求めた、魔獣の粘液で作られた粘着液。本来接着剤として使い、日用品として簡単に買いそろえられる。ナイフや金目のものは奪っても。こんなガラクタに目をつける奴はいない。

だが、これはこれで重宝するものだ。日常的に便利なのは勿論だが、何せこいつは、それはよく燃えるのだから。

何、簡単な話。ナイフを奪われた俺にはもう縄を切断する事は出来ない。なら、もう。焼き切るしかない。アリュエノから受け取ったハンカチは、残してやらねばならんがね。水筒の中であれば、運が良ければ残ってくれるだろう。

――さて、肘からだ。何、昔、似たようなことをやっただろう。その時は虜囚は俺だけだったがな。

懐かしいかつての光景を瞼に浮かべながら、俺はそのまま、一瞬足元を蹴って勢いをつけ。陶器製の燭台へと肘から、全体重を掛け勢いよくぶち当たった。それを、叩き割る為に、最も固い部分を押し当てるようにして。

その一瞬、何を、と唇を動かしたフィアラートの姿が見えた。だがそんな言葉は置き去りに、

――ガシャアンッ。

そんな白々しい音を立てて、陶器は崩れ去った。

＊

最初に感じたのは、肘だけではない全身を貫く激しい痛み。肘の先から、真っ二つに身体が割れてしまうのではないかと思う程の、痛烈なそれ。

陶器を叩き割り、そのまま床の石畳に突き立てられた肘骨は、紛れもなく異常をきたしている。

ああ、利き腕は無事で助かった。

そして同時に与えられる、燃え上がる痛さ。ああ、そうだこの炎は痛み。もはや熱いという段階は早々に通り過ぎた。

自由を得た炎は、肘部分から俺の服へと燃え移り、粘液という燃料を足され、更にその勢いを部屋全体に行き渡らせようと跋扈《ばっこ》している。

矮小な燭台へと収められた恨みつらみを晴らすかのように、湿気を持たない乾いた小物たちは一瞬の内に燃え上がった。

当然、その勢いは俺にも降りかかる。着火したそれは腕から腰にかけて走り回り、そのまま肌を焼いていく。

ああ、燃えろ燃えろ燃えてしまえ。まだ足りないぞ。俺の臓腑はそれより更に熱を保持している。その程度で俺を焼き切れるものか。その程度で、俺の情念を殺せるものか。

耳朶を打つのはフィアラートの甲高い悲鳴と、見張り達の慌てふためいた声。

ああ、愉快だ。愉快だとも。見くびったな。この俺を見くびったろう貴様らは。

よほど、慌てふためいたのだろう。俺の前に立っていた首切り役人の手元から、斬首剣が、滑り落ちた。ああ、それと、伝え忘れていたな。

「水瓶だ！　水瓶を――ッ！」

もう、俺の縄は焼き切れたぞ。

炎を背負ったまま、両手を添えるようにして斬首剣を拾い上げる。そして、そのまま、――黒い筋が炎の合間を縫い、鎧と兜の僅かな隙間を撫でるようにして、首筋を抉った。

それは狙った動きではなかった。そう、断言して良い。拾った動作のまま滑らかに、武技の極致のような一振り。

血肉は裂かれ、頸椎《けいつい》は切断され、憐れにも胴体より離れた首切り役人の口が、悪魔と、そう形作ったのが確かに見えた。

その表情は恐怖。戦き。それに違いない。異形を見つめるその表情。周囲で果敢に槍を向けようとする者達も、同じだ。その表情には怯えが見える。恐怖が見える。ああ、なら簡単な事だ。それは全て、俺の虜なのだから。

斬首剣の、黒い剣筋が、炎の紅と、妙によく合った。

「――ッ。ガ、はぁっ！」

死ぬ、死ぬな。紛れもない。俺は此処で死ぬ。それで良い。死んでしまえ。

周囲に倒れ伏す、痙攣しながら嗚咽をあげるもの。恐怖の泣き声を響かせるもの。俺と同様に身体に火が周り始めたもの。皆、皆、死んじまえば良い。

吐く息は真に熱を帯び、呼吸をする度に喉が焼き付き酷く痛む。だがまだだ、まだ体内の熱にはまるで足りない。こんなものじゃない。こんな熱さじゃあないさ。憎悪を糧に臓腑が帯びた熱には、未だ足りやしない。

――だが、もうその身体は明確に限界を迎えている。

最も被害の大きな左腕はもはや感覚がない。炎の熱と痛みに晒されながら、何も感じやしない。背にも炎を負っているはずだというのに、やはり感覚らしきものがまるでない。

感覚が失われ行く毎に、視界も薄れる。やはり無理だ。限界だとも。何処か遠くで、フィアラートの妙に耳に残る声が聞こえた気がした。

ああ、しかしむしろ良くもってくれた。これだけ炎に全身を鞭打たれながら、人間が本来動けるものか。強壮薬か何か、変なものでも含んでいたか。

まぁ、構わない。何にしろ、最後には、妥協しなかった。俺は俺のまま。熱を持ったまま死んでいける。それ以上の事があろうか。ああ、あるはずがない。

どうかフィアラートよ。出来る事なら、この混乱に付け込んで逃げてくれ。腕は縛られているが、脚は無事なはずだろう。震えて怯えて逃げられなかったというのなら、諦めてくれ。

俺はそこまで面倒みよく人を救うなんて事は出来やしない。俺はヘルト＝スタンレーでも、英雄でもない。ただのルーギスなんだ。

そして見てくれたか、かつて俺をこの時代に連れて来た黒い影よ。俺は、ルーギスは此処で終わりだ。女一人を救うのに、この無様な在り方。台無しさ。どんな演劇にもこんな英雄はいやしない。

だが、ドブネズミにしちゃ上出来だと思わんかね。

——ああ、上出来過ぎる。

そんな声を、耳の片端に聞きながら、殆ど呼吸もできなくなった身体は、自然の理に従うようにその場に倒れ伏した。

『それは純粋なる善意』

地下神殿通路。未だ僅かな光が揺れるだけの場所。ただそこには、息を呑むような空気だけが存在していた。

「私は正しい事は己で決める。私を此処に導いたのは奴。そしてその手を取ると決めたのは私だ。であれば、もはや選択は決まっている——私と奴は、仲間なのだからな」

薄暗く、燭台の仄かな灯りだけが二人を照らす。

銀の長剣を引き抜き、瞳に同色の煌きを宿すカリア。そして彼女の行動に、動揺を露わにしながらも、その両足を開き、臨戦ともいえる態勢を体躯に取らせたヘルト＝スタンレー。

カリア同様に引き抜いたその両刃の剣は、装飾は控えめに、だが暗闇の中でもその白い輝きを失っていない。

狭い通路の中、剣を引き抜き合ったまま一瞬の対峙。両者は一足一刀の間合いにありながら、未だ動きはない。静寂が、薄暗闇の中を支配していた。

ゆらゆらと、燭台の中の火が揺れ動き、淡い光が煌く。

互いに、僅かに読み切れずにいた。相手が、理解しきっているのか、否か。この現状を、今二人が置かれている場を、読み切っているのか否か。もし否であるならば、死は免れない。

二人の心境表すような重いため息が、両者の肺を這い出ようとし、何度も押しとどめられている。カリアの睫毛が瞬き、ヘルトの小手が傾く。

――ザァン。

一瞬の、刃物が空を撫でる音。その音が合図だった。

半身になって長剣を伸ばした構えからカリアは踏み込み、銀の閃光を宙に描く。正面から見れば惚れぼれするような直線の動き。

剣の先に震えはなく、手足の連動に時間差も存在しない。その一撃こそはまさしく、天賦の才と、その才に濁りを混ぜさせぬ、日々の鍛錬の賜物であろう。

それに相対するように、ヘルトの白が煌く。右足を半歩引き、切っ先を右斜め後ろ、下方に向けるようにした構え。その見開かれた瞳にはもはや迷いも困惑も存在しない。

銀の閃きとほぼ同時。白の一線が空中を裂く。流麗とも言える軌道を描き、相手の脇下を抉る為、その膂力と剣の重さを存分に活かし豪速が振るわれる。その軌道は即ち最短であり、無駄の一切を排除したような鋭さ。

接触は同時であった。血液は人間という袋から脱出し、その身を自由に空に揺蕩《たゆた》わせ、肉はまるで最初からそうであったかのように抉れ、華を咲かせ、開いていく。

銀の閃光は首を掻き切り、白の煌きは脇下から肉を抉る。

どさりと、二つの肉が、ほぼ同時に崩れ落ちる音がした。

「――最期、私を見ていなかったな。そんな事では寝首を掻かれても知らんぞ」

何処か白々しい声を出しながら、カリアはヘルトの背後より迫っていた、得体の知れぬ者から銀の長剣を引き抜いた。首は果てなく血液を吐き出し、持ち主の絶命を知らせている。

「同じ台詞を返しましょう、カリアさん。貴女こそ、ボクの軌道は見えない位置でしょう。何時からお気づきで？」

カリアは、さぁな、と肩を竦めて応えた。

ヘルトはカリアの背後、其の影から這い出たような黒装束の左腕を刈り取り、そのままにその人物を召し取っていた。顔に巻いた黒い布地の為にその表情までは伺えないが、瞳は動揺と、焦燥を、そして最後に疑問を露わにしている。

何故、と。

我々は、仲間割れをした侵入者を始末する、そのすんでの所であったではないか、と。唐突に変貌した状況に思考は追いつかず、ひたすらに困惑と恐慌の感情が彼の脳内を揺らしている。

その様子を見て、カリアが、おお、と感嘆の声をあげた。

「上手いな。生かしていたか、私はつい突き殺してしまった。話を聞きたかった所だ」

「よもや口を割らせると？　彼が、フィアラートやルーギスさん、二人に関係しているとは決まっていませんよ」

そう言い、ヘルトは黒装束の男、その切り落とされた左腕の口を、布で縛り上げる。血がとまり、初めて激痛が男に走った。

今までその余りにも強烈な激痛ゆえに麻痺し、失われていたはずの感覚が、とたんに生気を取り戻して脳に告げる。危険だと。血を止めろ、傷口を防げと、叫びをあげる。男が、思わず呻いた。

「無論。決まってはいないが、間違ってはいないさ。矛盾しているようだが、面倒事が転がっているということは、ルーギスが何処かで絡まっていると、私はそう踏んでいる。それに騎士団でも、必要とあらば拷問も適切な方法の内」

銀の髪先を揺らしながら、小さな灯りにあおられて見える彼女は、酷く恐ろし気で、妙な威圧感を備えていた。それはやると。言葉にしようがしまいが、間違いなく行うのだと、その断言を態度に表していた。

男の臓腑が、鷲掴まれたように縮こまる。眼前には死よりも恐ろしい苦痛が待ち構えている。だが、何も口に出すまいと、目つきを強める。刺客とはそういうものだ。全ては覚悟の内。こうなれば、肉体という衣が痛めつけられ、中身の精神が脆弱さを露呈する前に、自ら死を選ぶのが信仰に生きる道であろう。

奥歯に仕込まれた毒薬を噛み切ろうと、男が僅かに唇を開く。後は一瞬で、かみ砕くだけ。この歯を降ろすだけ。であるのに、だというのに。どうしたことか、歯が下がらない。異物が、口の中にねじ込まれている。無理矢理、口内に押し入ってきた何かが、全てを察していたように毒薬を噛ませようとしない。

「死なないでください。ボクは貴方の死を望んではいない。生きてくれることを望んですらいます」

素早く差し込まれたヘルトの親指と人差し指が、男の口の中を開かせるように固定した。そしてそのまま、二つの指で毒薬が入った小袋を歯から取り外してしまう。

流石に男の顔が、青ざめた。楽に死ぬ方法を取り上げられたからではない。これより、明らかな拷問が始まるからでもない。

ヘルトと、そう呼ばれる者の行動が、紛れもなく善意で行われているものなのだと、理解してしまったから。拷問を行い、目的の事を聞き出す為に生かしたのではない。この身体を切り刻む為に生かしたのでもない。

紛れもなく、善意の行動で生かそうとしたのだと、そう気づいたから。

恐ろしい。精神を幾千もの棘で締め付けられるような感覚。震えあがりそうなほどの怖気が、男の背筋を舐めた。

「カリアさん。聞き出す役目は、ボクが手をあげましょう」

「意外だな。貴様はそういう事はやらん人間だと思っていたが」

あくまでも穏やかな笑みを浮かべて、ヘルトは頷く。

「ええ、勿論。ですが、ボクがやらなければ貴女が行う。それを分かっていながら拒むというのは、卑怯の誹りを免れない。ボクは間違っても、卑怯者と後ろ指をさされる人間になりたくはないのです」

そう、唇を動かし、胸の前に手をあてて、男にこう告げた。

「貴方の為の、最良を尽くしましょう。貴方が死なぬよう、貴方の精神が壊れぬよう、最善を」

それは、どれほど懇願しても決して殺してもくれぬし、幾ら神に願おうと、狂乱もさせてくれぬという事。そう、全ては善意から。

眩暈が走る。鳴りやまぬ動悸と同時、覚悟していたはずの心が容易く崩れ落ちていくのを、男は感じた。悪意に対する気構えは、幾らでも出来ていた。悪意に晒されるのは幼少から慣れている。しかし、しかしだ。最期に出会うのが、その悪意を軽く上回る善意だというのでは、あんまりではないか、神よ。

余りある怖気と嗚咽が入り混じったその祈りが、人知れず、暗闇に消えていった。

『鉛の者フィアラート＝ラ＝ボルゴグラード』

それは、余りに馬鹿々々しい光景だった。

人が炎に飛び込めばどうなるか。しかも、燃料を共にして。子供でも分かる論理。そんな事をすれば、即ち死ぬ。

当然に、死ぬ。しかも即死などという慈悲はない。身体全体が焼け焦げて、気管は熱に犯され呼吸も出来ず、内臓は蒸され、最悪の苦しみを覚えながら死んでいく。知らないはずがない。そう、子供でも分かること。目の前の男が知らないはずがない。だっていうのに、何故

——何故この男は、当たり前のようにそれを成したのか。

分からない。理解が及ばない。今まで普遍を友に、凡俗を傍らにして生きて来たフィアラート＝ラ＝ボルゴグラードにとって、それは想像の外、埒外の行動。

どうして、貴方は、私と同じじゃなかったの。自然と、唇が疑問を口にする。私と同様に、平凡であり、力を持たず、運命に抗えない。

そんな平凡な人間では、なかったのかと、フィアラートの真っ白になった脳内で思考が渦巻いていく。

フィアラートの生家であるボルゴグラードにとって、平凡であるという事は悪であった。

ボルゴグラードという魔術の名家に生まれ落ち、ただ凡人であるということは許されない。紛れもない血統と、熾烈とも言える最高の環境での英才教育。その中にありながら、平凡である事は即ち、本人の資質の欠落。落伍者《らくごしゃ》。粗悪品。悪である。

彼女とてその思想の外にはいない。平凡は悪であると言い聞かせられ、己に言い聞かせて来た。

どれほど自分が凡庸で、決して傑出《けっしゅつ》しえない人物であったとしても。

ああ、何時からか。何時からだろうか。何時から気づいてしまったのか、己に才能は無いのだと、そう自覚した記憶がフィアラートの原初にあった。何度も諦め、ありとあらゆる道を模索し、そして諦念と挫折の味を舐めた。

凡庸のままでは、ボルゴグラードの家では生きられない。ゆえに彼女は己を、奇異であると、そう演じた。己の才能の凡俗さゆえ。己の資質の矮小さゆえに。

人の数倍の努力を積み重ねても開花せず、余暇の全てを魔術に注ぎ込んでもまだ足りない。

魔法使いとは、自然と調和する法を知る者。魔術師とは、この世の構造を人の術によって書き換える者。

ゆえに、努力の上には矮小なれども結果は出る。それが尚の事フィアラートの悲惨を煽った。他者に当然に出来る事が、彼女には出来ない。出来ても、足元に及ばない。努力は、己の方が積み重ねているというのに、あっという間に追い抜かされる焦燥。

——彼らが黄金だとすれば、私は鉛。鉛が如何に己を磨こうと、それはただの綺麗な鉛。黄金になれるわけないじゃない。

それでも尚ひねり出そうと、足掻き続けた。ボルゴグラードとして、魔術を成す者の称号を赦された名家として、彼女は唱え続けた。

それは、あり得ない魔術理論。道理を跳ね飛ばした概念思想。前例に例をみる事のない世界数値。フィアラートの幼少より湧き続けたその妄念を、言葉にし、それは事実なのだと、凡俗には分からぬのだと唱え続ける。

そうした彼女に与えられた称号は、ペテン師、変哲者、詐欺師。誰もがフィアラートを嘲笑し、憐み、侮蔑し、そして誰もが彼女を平凡とは、呼ばなかった。

それは、城壁都市ガルーアマリア、その学院へと留学に来ても変わりはない。実家よりは素を出せたが、だとしても、平凡とそう呼ばれるわけにはいかないのだ。

留学生という物珍しさと、ボルゴグラードという名。その二つから近づいてきた者は数多くあれど、ペテン師と影であざ笑われるようになったフィアラートの周囲に残ったのは、ヘルト＝スタンレーだけだった。

——ああ、彼を。此れこそを。人は黄金と、そう語るのでしょうね。

その膨大な存在感だけではなく、人を惹きつけ、成す事、学ぶ事を全て我が物とする才。ああ、狂おしい。その才をどれだけ彼女が求めた事か。その才気を、どれほどこの身が望んだ事か。

眩しい。その存在は余りに眩しかった。直視すれば瞳が焼け焦げるほど。だが、それゆえに、だからこそ、少しであれば、もたれかかっても良いのではないかと、そう思えた。

それは依存。それは己の辿ってきた道を半ば閉ざす事。だが、どうしろというのだ。才も無きこの身で。何一つ恵まれなかったこの己に、何が出来るというのだ。

――ズァンッ。

首切り役人の首が、刎ね飛んだ。目の前の、彼が。ルーギスと名乗った冒険者が。それを成した。炎で焼け焦げ、その身を死神に晒しながら、まだ動こうと言う。

おかしいではないか。そんなことが、あるものか。フィアラートは、ルーギスが炎に包まれる手前、その気が遠くなるほどの一瞬の中、瞳を強張らせ、黒髪を震わせる。

――貴方だって、貴方だって同じ、はずなのに。

目の前にいる人間は、凡人のはずだ。少なくとも、天才ではない。知恵者ではあるようだが、その身体の節々に苦悩を物語る跡がある。同じだ、私と同じだと、そう思った。

だから、それほどに頑張る必要はない。諦めれば、良いじゃない。手が届かない者は天才たちに任せて、凡人は下を向いて暮らせば良い。

死ぬ。そんな無理をしては死んでしまう。凡人が、才能を追いかける代償は即ちそれなのだ。

ああ。ああ、嫌だ。嫌だ嫌だ嫌だ。

もし、私が魔術を行使できていれば、彼もあんな無茶をする必要はなかった。もっと、上手い手段があった。では、この結末を迎えて、彼が死ぬのは。

――何のことは、ない。私だ。フィアラート＝ラ＝ボルゴグラードの責任によって、彼は死ぬ。承服できない。そんな結果は、とても受け入れられない。その心を占める成分は、悔しいと、その一言。

ああ、あれは間違いなく凡人だ。鉛や銅の類だと、世界はそう語るだろう。だが、あの姿を。命を賭して事を成すあの姿を見て、まだ私の世界はそんな事を語るのか。

あの男は、ルーギスは、その渾身を尽くしている。だというのに、世界は彼に憐れな結末しか残そうとしない。

ふざけるな。ふざけるんじゃない。あれは、私だ。私の上を行ってくれる、私の理想だ。彼が、黄金でないのならば、そうでないと世界が宣《のたま》うのならば。

――私が、黄金にしてみせる。たとえ、この世界を書き換えてでも。

フィアラートの精神が捻くり返りながら、この世を歪める術を構成していく。十分だ、もう私は十分に諦め、俯き、そして手放してきた。

だから、これ以上は御免だ。フィアラートの喉が、何かの音を、発する。周囲は炎上し、幾名かの人間が水瓶をもって火を押しとどめてはいるが、彼女の身は、此処に留まる以上無事ではあるまい。

だが、フィアラートは一歩たりとも、動かない。動く気なんて、僅かにもなかった。これ以上、私が出来ないからと、誰かの命を失おうとは思わない。それも、よりにもよって、私の命を救うためにと宣い、事実、死んでいきそうな人間を、目の前で失うなんて。絶対に、御免よ。

喉よ涸《か》れよ、身体よ焼けるなら焼けよ。この身体の奥底に僅かでも才という名がつくものがあるのなら、今この時だけでも私に力を。フィアラートの瞳には、ルーギスが映っている。火を纏い、剣を持ちながら未だ動かんとしているルーギスの姿。視界が狭まっていく。他が白で埋まっていく。壁も、床も、他の兵士も、炎すらも塗りつぶされ。ルーギスのみが、視界に残った。

——願わくば、その身に大火を払う暴風を。

それは魔術の祝詞。詠唱ではない。魔術師のブレスと呼ばれる、己の意志をもって世の理を書き換える究極の一。

フィアラートはルーギスの全体を覆う様に、暴風を生成し、その全身を攻撃するように命じた。ルーギスの身体に纏わりついた炎を跳ね飛ばすにはそれしかなく、未だ部屋中を駆け回る炎を寄せ付けぬにはそれしかない。本来であれば、その身体は炎と共に切り裂かれ、無残に血流を飛沫とし、その場に芥も残さない。極小の嵐。

だが、そんな事にはなろうはずもない。フィアラートは、ルーギスを傷つけられない。それは誓約。此処に入る前に宣した、誓いの詞。

——我と我の魔術は、ルーギスなるものを決して傷つけないと、誓う。

呼吸は、一拍たりとも出来ない。それほどに、凄まじい魔力の奔流。瞬きは行えず、手先は震え、もはやフィアラートは自分が正気か狂気かも分からない。

だがその姿から、全身をズタボロにしながらも、ただ前を向くその姿から、目を逸らしたいとは、一時も思わなかった。

魔術の行使は続く。限界の一線を上下しながら、ルーギスが力尽き、倒れるその時まで。

『彼を鋳造《ちゅうぞう》するは我』

倒れ伏したルーギスの様態は紛れもなく危篤、重態と呼べるそれ。

右手から肩に掛けては焼け爛《ただ》れ、炭化していないのが奇跡に等しく、背中を中心に上半身も皮膚の変質が著しい。赤黒いその光景はとても直視に耐えうるものとは言えず、フィアラート＝ラ＝ボルゴグラードの表情が歪む。

だが、ここで救わなければ彼は死ぬ。フィアラートは自らの足取りがふらつくのも構わず、倒れ伏したルーギスの元へ寄りそう
今だ。このタイミングでしかない。放火騒ぎも信者による必死の鎮火作業により落ち着きを見せ始めている。ルーギスを助け得るのは、彼らがこちらに構っている暇がない、この時だけだ。このままこの重態を放置すれば迎えるのは間違いなく死神の手、よしんば生き残ったとしても、必ずその身体には障害が残る。冒険者としての生命は絶望的だ。

ああ、そんな事は許さない。フィアラートの両手が傷に押し付けられた。肌に触れたとは思えな

い感触が手の平に広がる。私は彼を、ルーギスを救うとそう決めた。彼こそが黄金たるべきと、そう確信した。そう、その彼がこのまま、此処で朽ち果てるなど許せるものか。

再び、フィアラートの唇が魔術を唱えんと形を、変える。

「……げ、ふぁ……ッ!?」

喉が詰まる。本来声に絡まるはずの魔力がまるで出力されない。身体から、それこそ髪先から足指まで、感覚を駆け巡らせようと、一切の魔力反応がない。

フィアラートの表情が、青ざめ、瞳が悔恨と絶望に染まる。彼女はこの感覚をよくよく理解していた。かつて、未だ努力を信望していた頃、此の状態になるまで日々努力を積み重ねていた。

即ちこれは、魔力の枯渇現象。少ないのではなく、枯渇。この状態になれば、魔術師は相応の休養を取らねば魔術行使など出来ない。

幾ら魔力を捻りだそうと集中しようと、手先には何も集約されず、喉は音の出し方を忘れたかのように、声を出力しない。

ああ、嘘だ。こんな事が、あるものなの。

黒いその瞳に、涙が浮かぶ。やっと、やっとなのだ。私はようやく、己の道を見いだせたのだ。その道が、ルーギスという人が、息絶えようとしている。だというのに、やはり私は何も出来ない。今までと変わらない。役立たずでしかない。

こんな事なら、死んでしまえば良かった。こんな、希望を見させられた後に、地獄の淵に叩き落されるなら、炎に抱かれて、彼と共に死んだ方が良かった。それこそが、紛れもない救いというも

のだ。

　フィアラートの胸中が黒く塗りつぶされ、地底へと引きずり込まれていく。目を伏せ、顔を俯かせかけた彼女。その耳朶に突如、二つの声色が響き渡った。女と、男の声。

「魔力の枯渇か。無理をするものだな」

「表情にもう濃い隈が出来ています、休んでくださいフィアラート。そのまま魔力を使い切れば、貴女も無事では済みません」

　そう言い、男の手が差し伸べられる。

　声の一つは、フィアラートにとってはよくよく聞き覚えのある声。それは紛れもない、ヘルト＝スタンレーの声色だった。差し伸べられる手は優しく、表情はフィアラートを案じたもの。そしてもう一つは、ルーギスの傍らに常に付き従っていた、女剣士、カリアと名乗る少女のもの。

　二人とも、服装の何処かに煤がつき、恐らく返り血と思われる赤い模様を付けている。だが、その表面に大した傷は見て取れない。

　俯かせた状態から顔をあげ、二人の姿を認識した時にフィアラートが胸中に宿したものは、二つの相反する感情。

　一つは、安堵。

　ああ、これで彼は助かる。彼らは紛れもなく才あるもの。鎮火し始めたとはいえこの喧噪《けんそう》の中を、殆ど無傷のまま潜り抜けて来たのであろうその様子からも分かる。彼らは黄金そのもの。だから、もう何も心配する必要はない。これで全ては、めでたく収まるのだから。

そして二つ目は、その胸を凍り付かせるような憎悪。

フィアラートの身体が強張り、奥歯がぎりと、軋みをあげる。ああ、またか。またなのか。私や彼、ルーギスが渾身を尽くした後、結局最後は貴方たち、黄金が奪い去っていくのか。やめてくれ。そんな現実はいらない。黄金に頼らねば何も出来ぬと知らしめられるくらいなら、此処で彼と二人死に絶えさせて欲しかった。

尊厳と自立心を引き換えに与えられる安堵。そんな天上から差し伸べられる手を、全ての貧者が歓迎するだろうか。フィアラートは指先が無意識に震えるのを見た。瞼に映るのは先ほどのルーギスの勇姿。彼は紛れもなく尊厳を守る為に行動し、その結果、死を享受しようとした。死神の鎌を友とし、自分を保ったまま死のうとした。

ああ、それは何と甘美な事だろう。果たして私に、そんな行動が選択できるだろうか。死の先にある甘い果実を、手に取ることができるだろうか。

僅かに、フィアラートは二人から顔を逸らし、その端正な表情を歪める。その瞳には確かに、悔し涙が浮かんでいた。

「いいや駄目だ。フィアラートと言ったな、貴様にはもう一つ働いてもらう」

フィアラートを休ませようと手を差し伸べたヘルトを遮り、カリアがそう断言する。確信したように歩みながら、彼女は瓦礫の中からそれを、拾い上げた。

一見して、それは大して価値のあるように見えないもの。古びた剣のような様相で、骨董品として一定の価値があるか、ないかといった所。ああ、そういえばルーギスが腰に下げていた剣は、その物品だったようにも、フィアラートには思われた。そう思っても、確信できかねるほど、見た目としてはありふれた代物。

「――これは、我が家の家宝。伝承では、神秘とも奇跡とも呼ばれたもの。その効能に関しては私も分からん。ただ、魔力にて精製された事だけは確かだ」

使えと、そう言い放ちカリアは剣を無造作に放り投げる。フィアラートは戸惑いながらも、丁度胸元に投げ渡されたその古びた剣を、両手で受け取った。

ああ、これは異物だ。受け取った瞬間、フィアラートの喉から、感嘆のため息が漏れた。此れが、剣としてどれ程の効能があるのかは魔術師である彼女には分からない。だがこれは、鉄の一枚、その柄に至るまで、全て魔力にて編み込まれている。果たして今の時代、一流の魔法使い、魔術師を各国から集めた所で、これを再現できるだろうか。

掴むフィアラートの両手が、思わず汗で滲む。

「説明はいらん。どうせこの冒険主義者の愚か者が、勝手な事をやったのだろう。……口惜しい事に、私には手の出しようがない」

ゆえに貴様に任せる、と呟いたその声色に、思わずフィアラートは耳を疑い、奇異な視線をカリアへと送った。

表情こそ、切れ長の瞳を細め、その小さな唇を締めた凛然とした様子を崩しはしない。だが、紛れもなくその声色と銀色の瞳に滲む感情は、悔しさ、口惜しさに他ならない。

私が出来るのであれば、貴様なぞに任せぬものを、と、カリアの瞳は雄弁に語っている。その両手は固く組まれ、感情の発露を抑えているよう。

「……ええ、この全霊を尽くしてでも」

フィアラートの唇の端が、つりあがる事を抑えきれないでいる。

ああ、私だ。この人を救うのは私なのだ。カリアの助力があったのは確か、一人では諦めていた事も確か。だが今この時、彼を、ルーギスを救うのは天才たちではない、私なのだ。

両手で掴んだ宝剣を自らの魔力に変換し、重ねるように編み込み、そうしてそのまま、ルーギスの身体へと押し当てていく。フィアラートの指が、血に塗れ、汚れていった。だが、そんな事はもはや思慮の外。

瞼を閉じ、脳内に浮かぶ羊皮紙にインクが押し当てられるのを見た。

如何にしてこの魔力の塊を使い、ルーギスの身体を修復するか。その道筋を、今この場でくみ上げねばならない。既存の魔術を使うのとは訳が違う。脳内では手がとまらずに、その魔術理論を羊皮紙に書き連ねていく。知らぬはずの魔術理論が綺麗に組みあがっていく感覚は、奇妙で、しかして何処か心地よい。幼少の頃から、似たような考えはあった。外部魔力を人に組み込み、皮膚の、身体の欠損の一部分とする方法。それは他者に詭弁《きべん》と嘲笑われた理論。

だが、今この時は己の頭の中でその理論は紛れもない輝きを発している。フィアラートは目を見開くと、瞬きもしないまま、喉を開き魔術のブレスを捧げる。

——願わくばこの手に、彼の者を鋳造する術を。

それは、世界を変質させる術。根底を塗り替える魔術理論。将来において魔術の歴史、その分岐点を作り上げ、変革者の二つ名を与えられたフィアラートの本領といって良い。

眼を疑う光景だった。魔力の塊、宝剣が、ルーギスの身体へと埋まっていく。魔力が剣の型を形成したまま、ルーギスなるものと同一の存在に変貌していく。ルーギスは宝剣へ、宝剣はルーギスへと。そうなれば、宝剣は気づかざるを得ない。己の欠損、修復の必要性。そうしてそれらを修繕すべく、宝剣は余りある魔力を即座に全身に回し始めた。

その効能は素晴らしい。ルーギスの全身を魔力が覆い、循環する。元々魔力など持ちようもないはずのその身体が、魔力と手を取り合い、もはや友人となりながら焼け爛れた皮膚を、変質した身体を修復していく。

フィアラートは眼を見開いたまま、至福の表情でルーギスの様子を見つめている。この身体は私が鋳造したのだと、そう、誇らしげにするように。

しかし、もはやその精神力は限界を超え、尽き果てる所まで来ている。視線はルーギスを向いていても、もはや視認する事は困難となり、その全身の肌を汗が舐めている。

最期の指、その一本が修復されきったのを見たフィアラートは、そのままルーギスへと倒れ込むようにして、失神した。

＊

「止めんのか」

カリアは忌々しげに唇を尖らせたまま、八つ当たりをするように、ヘルト＝スタンレーへと呟いた。カリアの隣に立ち、ため息をついたヘルトは口を開く。

「止めようとすれば、貴方がボクを止めるでしょう。勿論、フィアラートの命を賭して行えというのなら、剣を引き抜いてでも止めますが」

言葉を選ぶようにして時折口を止めながら、ヘルトは話を続ける。

「それに、此れは良い機会だと思います。彼女、フィアラートは強気にしながらも、何処か自信がありませんでした。彼女の為を想えばこそ、今は止めるべきではないでしょう。ボクは、貴女が思っているほどに過保護というわけでもありません」

その口から紡がれる言葉に、ふと、カリアは銀髪を揺らした。

なるほどそれが、この男の善意で、正しい事というわけだ、と思わず腕を組んで眉を顰《ひそ》める。疑問は、幾つかその胸の内にあった。しかしカリアは敢えてその疑問を、口に出そうとは思わなかった。何か、ヘルトに言葉を紡がせるのが余り良い結果を齎《もたら》さない。そんな奇妙な予感が、カリアにはあった。

「しかし貴様、アレとは気が合わなさそうだ。貴様の正しさとは相反するような輩だからな」

顎をあげてルーギスを指し示すカリアの言葉に、指を自らの頬に這わせて、ヘルトは答える。

「そこはまだよく、分かりません。噛み合うとも、噛み合わぬとも思える。不思議な方です。ですが」

興味はあります。その言葉に、カリアの背筋は軽く寒気を覚える。その理由までは、彼女には掴めなかった。

『勇者の目覚めと聖女の問いかけ』

鼻孔に入るのは、物が焦げた臭気。知らぬ内、煙でも吸い込んでしまっていたのか、肺が妙に痛む。喉を幾度も鳴らすが、身体の違和感は消えない。僅かに粘着質な痰《たん》が出ただけだった。

「――では、勇者よ。改めて問いましょう。貴方達の神が、私たちの神と同じか、それとも別の仮面を被った偽りの神なのか」

未だ呼吸すら落ち着かない状況で、その清廉さを保った声が、俺の耳朶に投げかけられる。

勘弁してくれ。こっちの思考は未だ纏まっちゃいない。むしろ、一晩くらいぐっすり草木のように眠る猶予を頂きたいものだ。眉間に皺を寄せたまま、座り込んだ姿勢から眼前の人物を見上げる。

落ち着いて来たとはいえ、未だ火事場と言えるであろう場に躊躇なく足を踏み入れ、そして一切その表情を変えない豪胆さ。全てが煤に覆われたと思われた世界の中で、声の持ち主だけは一人、周囲の空気を変質させるような存在感を放っていた。

彼女は、聖女と呼ばれた者。その瞳に煌く光は紛れもない信仰の証。すらりと長く伸ばしながらも綺麗に整えられた髪を見るに、もしかするとその生まれ自体は上級階級に属しているのかも知れない。その所作や厳かな雰囲気は何処までも洗練されており、何か、己に出来ない大事を成してくれるのではないかと、凡人の期待を擽る。

なるほど確かに、聖女と尊ばれるわけだ。人を惹き付ける要素を間違いなく持っている。これを、いわゆるカリスマと、人は呼ぶのだろう。全くもって、俺には縁がないものだ。思わず鼻を鳴らす。

「少しは待ってくれよ。こっちはまだ本当に生きてるのか、それとも実は死んでて、あんたが地獄の番人なのか決めかねてる心地なんだからよ」

懐から噛み煙草を取り出そうと胸元に手がいくが、手がそのまま空をきった。焼け出された時に新調したばかりの服と合わせて焼失してしまっていると分かってはいたのだが、手癖というのはそうそう治るものではないらしい。

忌々しげに奥歯を噛んで、一瞬目を細める。恐らく、この質問に即答するのは賢い選択じゃあない。相手は聖女を中心に、殺気立った信者方が十数名。誰もがぎらつく瞳でこちらを見つめている。もはやその視線は獲物を狙う猛禽類のそれだ。反対に、こちらの面子はカリア、ヘルト＝スタンレー。そして気絶して今も夢の中にいるフィアラート＝ラ＝ボルゴグラードのみ。

困惑だの苦悩だのといった感情が詰まった深いため息をその場に出すと、肺がちくりと、痛んだ。

俺は確かに、見事に死に至ったはずなのに、どうしてこんな事になっているのかね。天上から見下ろしてるというのなら、答えてほしいもんだ。なぁ、神様よ。

＊

死の淵に片足どころか両脚を踏み入れ、もう二度と役目もあるまいと、そう高を括っていた俺の瞳に光りが差し込んだ。反射的に瞼を閉じて目を細める。数度瞬き、ようやく瞳が再度その役割を果たそうとした時、視界に入り込んできたのは一人の少女。

見事な銀髪を二つの房にし、長剣を携えたカリア、その人だった。不機嫌そうに眉間を歪めたその姿は、どうにも剣呑な雰囲気を発している。

しかし不思議な話だ。死神の友人となってあの世に向かうのは、精々が俺と、フィアラートくらいものだと思っていたのだが。この女が死ぬというのは、とてもじゃないが想像がつかない。ああいや、それともよくある、天上か地獄かに行く際の水先案内人というやつだろうか。聞けば、生前の知人、その姿を模して現れるらしい。

「ようやくお目覚めか。よもや演劇に出てくる、永遠の眠り姫の真似事でもしていたのか、貴様は」

頬を意地悪くつりあげ、なら接吻でもしてやった方が良かったか、と言い放つカリアの姿に、俺はなるほど、と軽く胸中で相槌を打った。

納得した。これは偽物や、その姿を模したものでも何でもない。カリアという女そのものだ。その無駄に人の精神を逆撫でするような言い回しは、この女以外に出来る芸当ではない。大体、知人を模して水先案内人が出てくるなら、せめてアリュエノにしてもらいたい。この性悪女が最期に出てくるようなら、地獄の番人自らお出ましいただく方がまだマシだというものだ。

しかし、だとするなら。目の前のカリアが模倣でなく本物だと言うならば、俺は生きて、己の身体でこうして瞳を開いているということになる。

それは、何故。未だ上手く思考が回らない鈍重な頭に、その疑問だけが浮かびあがる。俺はこの身を炎に差し出し、それこそ臓腑の奥底まで熱に侵されたはず。人間なら、その結果待つものは紛れもない死でしかない。

ぼんやりと、口角を下げながら唇を噛む。

「……まぁ、そうだな。礼なら奴に言って置け、貴様の命があるのは紛れもなく、奴の功績だ。それと、私の宝剣のな」

何処か身の入らない声を出しながらカリアが指した先には、ヘルト＝スタンレーに介抱され地べたに横になっているフィアラートの姿があった。

理由は、フィアラートの魔術による回復。完全に腑に落ちたわけでもないが、彼女の仕業であると言われれば、ある程度の理解は及ぶ。

あれは紛れもない天才だ。たとえ魔術が使えぬなどと弱音を吐いていても、言葉通り火事場でその才を発揮した、というのならば辻褄《つじつま》は合うだろう。

まぁ、だとしても、それで何故この身を救ったのかはよく分からない所ではあるが。フィアラートにとって、俺など路傍の石に近しい存在だろうに。ああいやそれとも、この時代の彼女には、価値なき小石にも与える良心が残っていたのやも知れない。

——コツ、コツ。

不思議と部屋全体に響き渡る足音。意識して鳴らしている様なそれが、明確にこちらに近づいている。しかも、複数。

不味いな。咄嗟に歯が噛み合わさる。こちらは少なくとも、フィアラートは戦闘不能。俺も瞳が未だ視界に慣れていないのか、眼前では光が明滅している。身体の方も、違和感というのか、異物感というのか。何にしろ後遺症が残っている様で本調子とはとても言えない。カリアと、ヘルト＝スタンレー。この二人だけでなら、大抵の危機は乗り切れる。しかし、足手まといを連れてとなれば、そうもいくまい。

思考が鈍間《のろま》な速度で脳内を這いずっている内、足音の正体はすぐ露わになった。大方の予想は勿論、ついていたのだが。灰を踏み散らし、焼け焦げた異物を丁寧に避けながら、その女は俺達の前に現れた。十数名の武装した兵士を連れて。

「その勇気に賞賛を、名も知らぬ方。智者と勇者は尊ぶべし、その教義に倣い、私も貴方に敬意を払いましょう」

それは、聖女と、そう呼ばれた女。先ほど礼拝堂で聞いた怒声に近い声とは違う、丁寧に過ぎる言葉遣いに、反射的に身体の中が底冷えする。

それは、即ち悪寒。経験則から来るものもあるが、丁寧な言葉遣いというのは、得てして腹に一物抱えたものが使うものだ。王宮で貴族たちが、悪意を言葉のベールで被う様に、貧者が富む者へ媚び、その分け前を狙う様に。

この女は、何か企みを持っている。間違いなく。でなければ、護衛には過分と言える十数名もの兵士を背後に連れて来るものか。

「このような火事場での挨拶、失礼。私はマティア。聖女マティアと、そう呼ばれています。といっても、聖女などと呼ばれる資格は私にはありませんが」

発する声の響きは確かに清らかさを持ち併せ、何処か人を惹き付ける。まるで裏表などないと言外に告げるような、清廉さ。ああ、だからこそ恐ろしい。臓腑が裏返《えぐられ》るようだ。こいつら旧教徒の企みというのは、碌でもない事に決まっているのだから。

「そいつはどうも、光栄ですな。ええと、なら聖女様の顔に免じて、今回の騒ぎも一つ、お許し願いたいのですが」

不幸な行き違いという事で、と冗談めかして、探るようにそう告げる。一瞬聖女の目の端が、動いたのが見て取れた。

「ええ、最初から、この胸中に怒りなどありません。紋章教徒にとって、全ての命、物品はいずれ神の下へとお返しする定め。焼け果て、失われた品々は、全て神へと集約されるのみ。つまり失われるという事それ自体が、神の御意思なのです。それを恨み辛みとすることほど、愚かなことはあるでしょうか」

カリアが無言で相槌するように顎を頷かせているが、恐らく彼女、そしてヘルトも気づいているはずだ。

これは詭弁か、たとえそれが真だったとしても、その説が通じているのは彼女、聖女マティアだけ。後ろに控える面々を見れば良く分かる。その瞳には憤激の情が浮かび、手足の震えは感情を無理矢理押し殺している証拠。胸の内はぐつぐつと煮えたぎっていることだろう。

危機はまだ、依然として去っていない。俺達は、一触即発の最中に放り込まれている。

「思えば、貴方たちの目的すら聞いてはいませんでした——では、勇者よ。改めて問いましょう。貴方達の神が、私たちの神と同じか、それとも別の仮面を被った偽りの神なのか」

なんの悪意も、そして善意もないように。ただただ、当然の事を聞くような口ぶりで、聖女マティアはそう告げた。

『これはその契機である』

「彼女、聖女マティアは、果たして納得をしたのでしょうか、あの問答で」

蹄が地面を蹴り上げる音と、車輪の軋みだけが響く馬車内。誰もが静かに揺れに身を任せるなか、唯一唇を開いたのは、ヘルト＝スタンレーだった。

「してねぇだろうさ。あれで納得をするのは、それこそ人を信じることしか知らない、聖女様そのものという事になる」

あの女がそんな柄に見えるのかと、自分の首を撫でた。

ヘルトの会話相手になるなんてのはどうにも勘弁願いたい気分だが。未だ意識を取り戻そうとしないフィアラート＝ラ＝ボルゴグラードと、傍らで瞳を閉じたカリアには返事のしようがない。仕方なく唇を開き、億劫そうに喉を登る言葉をひねり出す。

「だが、俺達を返してくれた。ありゃ奴の矜持か、誇りか。もしくは、本当に敬意を示してくれたのかもしれん」

そう、口にしながらも胸中ではその言葉を蹴り上げていた。

そんなわけがない。ああ、違うとも。そんな事はあり得ない。あの女は、マティアはそれほど甘い女ではない。数度、言葉を交わしただけだが、それは良く分かった。

あの女は、目的の為ならいくらでも己を正当化できる。たとえ教義を泥だらけにしようと、それを仕方のない犠牲だと肯定できる。その行為に、長け過ぎている女だ。ある種打算に果てなく特化しているともいえる。もし俺達を殺す必要があると思ったなら、どれほど教義に反逆した内容だろうがこの首を刎ねただろう。

だから、俺達の首がこうして繋がっているのは、奴の打算に釣り合ったからだ。そうでなければ、俺達全員あの場で仲良く、灰に塗れた地面を永遠の寝床にしていた。

上半身に、軽い肌着だけを羽織って、思わず歯噛みする。

そう、命は拾った。その代わり、とんでもない面倒事がこの肩に覆いかぶさってきた。軽い肌着が鉄の鎧にすら思える。とんでもない女だ、ああ、あの女、マティアめ。なんて、嫌な女なんだ。

あの女が、最期に囁いた言葉が、この耳朶に未だこべりついて離れようとしない。

――では、私達の伝達役を決めましょう。アン。ラルグド＝アンが、適任でしょうね。

そう、俺にだけ聞こえるように、奴は肩に手を乗せて囁いた。

傍から見れば、それは親しく別れを告げる男女のそれ。だが実際的には、魔女に呪いを吹き込まれたようなもの。言葉も、乗せられた指先も、妙に冷たく感じられた。

参った。大いに参った。精々舌先三寸で乗り切ってやろうと思っていたのだが、大いに裏目だ。

箱庭暮らしの聖女と甘く見たのが不味かったと言える。フィアラートをヘルトの奴から切り離す方策もまだ定まっていないというのに、この身には厄介事ばかりが降りかかってくる。

「何にしろ一度、街に戻ってからだな。雇い主さんの様子はどんな感じで？」

肩を軽く竦め、揺れる床板に身を横倒しにしながら、軽い調子で言葉を投げた。ヘルトは横になったままのフィアラートに毛布を掛け直し、目を細めて口を開く。

「何せ、魔力を根底から使い果たしたようですから。気力も体力も、尽き果てたという所でしょう。暫くは魔術にかかわらず、休養ですね」

なら、依頼は中断だと言っておいてくれと、ため息をついてそう言った。前金は今更返せやしないが、こんな不細工な仕事内容で報酬を頂くわけにもいかん。それはまた、俺には俺としての、冒険者としての矜持や打算というものも、当然入り混じっている。

ヘルトは何処か意外といったような、しかし興味深げに軽く頷き、伝えておきましょうと、そう呟いた。

＊

ラルグド＝アン。

ナインズさんに紹介された、都市国家ガルーアマリアの案内人。俺やカリアよりも、更に幾分か若さが見える少女。表情や所作は如何にも子供らしいのだが、その才は紛れもない本物だ。特に対人の交渉能力に関しては、疑う余地もない。

ああ、恐ろしいのは、そいつが旧教徒、紋章教に属する一人という事なのだが。勿論、ナインズさんからの紹介という事で予想はしていた。していたが、予想のみに終わるのと、実際にそうと聞くのとでは大違いだ。

待ち合わせ場所に指定された貧民窟の一角に、相変わらず大樽を背負って、ラルグド＝アンは軽快な足取りで現れた。

「話は聞いていますよ、英雄殿。ああいや、勇者殿、の方がよろしいですかね、ルーギス様？」

くすくすと鈴を転がしたような声を喉から零し、失礼、とラルグド＝アンはその佇まいを正した。

貧民窟の一角を、世間話を交わしながら歩く。互いにまだ、その懐を、胸中を探り合っている様なもの。本心も、取引も、全てはその後というわけだ。

「言ったろ、俺はそういった器じゃない。勇者や英雄なんてのは、重荷が好きな奴に背負わせりゃ良い。俺は、俺に必要な名声と金が得られればそれで良いのさ」

即ち、アリュエノを迎えに行ける程度の、冒険者としての成功、そして成功の目安となる金。

勇者や英雄。その二つ名に憧憬《しょうけい》がないかと問われたなら、流石に答えに詰まる。しかし、まぁしかしだ。俺のような凡夫がその地平に手を伸ばせばどうなるのか、今回の件でよくよく理解した。

依頼を見てみろ。一歩間違えれば死。いや、実際には死んでいたのだ、俺は。そこを、才ある者。まさしく勇者英雄と呼ぶに相応しい者に救われただけ。

全くもって、如何ともしがたい。救いがたいのは俺の精神性という事か。

「さて……ではルーギス様。貴方は、私たちの目的をどれ程までご承知で、どれ程のご協力を頂けるのでしょう」

言葉を丁寧に、一つずつ紡ぐような口調。元々ラルグド＝アンの口調は丁寧そのものだが、これはそれ以上。親しみをもった話し方ではなく、まるで空に言葉を放り投げるようなそれ。その瞳の光も、身体の所作も、何処か今までの彼女とは違う。

ああ、なるほど。これが彼女の、ラルグド＝アンの本来の顔というわけか。

「どうやら、聖女様とのお話には私の名前を使われたようですが。貴方様は本来私たち、紋章教徒には深い関わりはないと、ナインズ様からはよくよく聞いております」

ああ、勿論、私如きの名前を使われるのは結構です、お幾らでも。そう付け加えながら、頬を緩めラルグド＝アンは満面の笑みを浮かべる。その言葉は言外に、それが私たちの役に立つ事であるのならばと、そう告げていた。なるほど、かまをかける為とは言え、聖女との交渉中、取引相手として名前をだした事はすでに露見しているわけだ。

満面の笑みであるはずなのに、妙に胸を圧迫されるような、抑えつけられている様な感覚がする、そんな表情。

「全ては知らないさ。だが、耳に入る程度には」

耳に入る程度、とラルグド＝アンが鸚鵡《おうむ》返しに、言葉を紡ぐ。大仰に頷き、しかして周囲に響かないように、声を出す。

「あんたらが、今まで誰にも身を許した事のない女、マリアを落とそうとしてる、少なくともそこまでは」

その言葉が終わるか、終わらないかといった所で、ラルグド＝アンの雰囲気は変貌した。その笑みは何処か妖しい雰囲気を醸し出し、目端がぴくりと上がる。軽く首を縦に振って、言葉を選ぶようにして彼女は言った。

「なるほど、やはり貴方は英雄殿なのです、ルーギス様。ゆえに選択肢は二つ。契機を糧に這い上がるか、それとも」

――何者かの、糧となるか。

貧民窟の薄暗さの中、ラルグド＝アンの妙に明るい調子の声が、周囲に溶けた。

『悪党の密会』

「聖女様とはどの程度お話を、英雄殿？」

どうにもラルグド＝アンはその呼び名が気に入ったらしい。抗議の声をあげた所で、彼女は小首を傾げて、何がいけないのかと、不思議そうにこちらを見つめるだけだった。

その仕草だけ見れば、なるほど、いたいけな子供のそれだ。この子供が、天上の者達ですら手玉にとりかねない弁舌を持つとは、とても思えない。ある意味そういう部分が、彼女の能力を押し上げる一助になっているのかもしれなかった。

「聖女様――マティア様は一筋縄でいく方ではありません。まだ二枚の舌を持つ悪魔の方が、可愛げがあるでしょう」

自らが信奉する宗教の聖女を、悪魔と比較するラルグド＝アンの性根も、そう褒められたものではない。むしろ相当に悪い方に傾くのではないだろうか。

「その御方から命を救われ、更には私という連絡役までつけられた。その内容には、幾ばくかの興味が出ても仕方がないではないですか」

その言葉の出し方は、好奇心、興味というより、むしろ探りを入れる感覚に近い。俺がどういう人物なのか、どういう得手をもっているのか、それを探るかのような言葉。しかして疑心を抱かせぬ為だろうか、その口ぶりは多少なりとも、人の自尊心を擽る。

「別に、口から生まれたわけじゃあるまいし、都合の良い言葉を並べ立てたってなもんじゃない。ただ二つだけさ」

街に戻って一番に購入した噛み煙草を歯で潰しながら、二本の指を立てる。一本を折りたたみながら、言葉を続ける。

「一つは、あの聖女様愛しのマリアの事」

愛しのマリア。未だ誰にもその身体を許していない鉄壁の存在。詰まる所、城塞都市ガルーアマリア。此処は奴ら、紋章教徒にとって喉から手が飛び出すほどに欲しい存在だ。

何故、聖女とも呼ばれる存在がこの都市近く、その廃墟とも言える神殿を本拠としていたか。何故、かつての時、紋章教徒達は死力を尽くしこの街を陥落させたのか。

勿論、交易の要所というのもある。なるほど、乱を起こすにつけ、此処を抑えておけば周囲への影響力は大きい。もしかすると紋章教徒に有利な風を吹かせることも出来るかもしれない。

だが違う。奴らにとって、戦略上の有利不利だとか、小さな事は眼に入っていないのだ。即ち、奴らの本望は聖地の奪還。此処ガルーアマリアは、紋章教徒にとって智の聖地。かつて東西から智と本が集まったこの場所は、奴らの本堂があった場所。

この場所の奪還をこそ最優先の目標に掲げるあたり、あの聖女マティアの打算というやつも、やはり根本には紋章教が存在するのだろう。

久しぶりにも思える噛み煙草の匂いを鼻に通し、空気に吹き付ける。良い感覚だ。頭が冴えはしないかもしれんが、そんな気分にはなる。そのままもう一つの指を折りたたむ。

「そしてもう一つ、お前、ラルグド＝アンの事。後はさも聖女様の有利に動けるであろうかのよう、言葉を厚紙に包んで晒しただけさ」

聖女様の察しが良くて助かったよと、口角を上げつつ、息を漏らす。

実際、俺が聖女様に差し出した情報といえば、その触り程度。核心に迫る言葉や、明確な言葉を与えてはいない。当然だ。あの場にはカリアも、そしてヘルト＝スタンレーもいた。よもや堂々と紋章教徒に協力しますなどとは言えんだろう。

何故なら、信仰の深さ浅さはあれど、ヘルト＝スタンレーは間違いなく大聖教の信徒だからだ。そう、間違いはない。

俺達は、いや、違うな。以前の俺達は皆、大聖教の御子として、救世の旅に出たのだから。

＊

貧民窟の中は、どうにも懐かしい匂いで溢れている。吐瀉物を放置した臭い、人の腐ったような臭い、汚れを鍋にいれて煮詰めたような臭いが、そこら中に溢れている。ああ、懐かしきかな我が故郷、裏街道そのもののような臭い。周囲には活気などなく、誰もが項垂れ、天を見ずに歩いている。

彼らにあるのはただ、今日だけ。明日などその胸中には存在しない。明日見るなどというのは、今日を保証された強者の生き方だ。俺達のような弱者には、そんな贅沢は許されちゃいない。一日が終われば何かあるわけでもなく、ただ年をとる、それだけだ。

「それで、まさか趣味で此処を散策ってわけでもねぇよな？」

そう、促すようにラルグド＝アンに問いかける。先ほどから彼女の足取りは、迷うような様子はない。同じような所を何度も通っているのは、きっと、俺が道を覚えぬようにとの細工だろう。実際、薄暗い上にどこもかしこも似たような場所ばかりの貧民窟で、こうも動き回られれば地形は読めなくなってくる。

ラルグド＝アンは俺の言葉に、当然です、というように苦笑いを浮かべた。

「ええ。流石に此処に慣れるというのは中々難しいですから。協力者の所に、御伴頂こうかと」

協力者と、そう来たか。なるほど彼女ら、紋章教徒はますますもって、俺をその企みに加担させる腹積もりらしい。でなければ、あの聖女も態々《わざわざ》自分の手の内、ラルグド＝アンの存在を晒してまで俺を監視させようとはしまい。

そう、これは監視だ。此処での生活、ギルドとの折衝や、宿泊施設の提供に至るまで、俺達はラルグド＝アンの世話になっている。もし、あの聖女の話を無視し、ラルグド＝アンへの協力体制を築かなければ、遅かれ早かれこのライフラインを俺は失う事になる。

せめて、こちらで彼女を当てにしなくて良い程度の繋がりを作れるまでは、ある程度は協力の様子を見せておくことが必要だ。謎なのは、どうしてあちらさんが、俺の事をそこまで買ってくれているのかという事だが。

ああいや、俺ではないか。首を軽く振って否定する。あの場にいたカリア、フィアラート、ヘルト＝スタンレー、彼らを含めた一行の事を買っているのだろう。それならば、ある程度筋は通る。

それに加えて怖いのが、末端の紋章教徒共の暴走だ。何せ俺達は、奴らが一番大事にしている知啓の集積、その一分を焼失させてしまった。奴らからすれば、臓腑が煮えくり返る思いだろうさ。

それを抑えているのは、一重にあの聖女マティアのカリスマ。もしその聖女の手を跳ね飛ばせば、俺だけじゃない。カリア、そしてフィアラート＝ラ＝ボルゴグラードにもその暗器は伸びることだろう。

そう、あのフィアラートにも。

「……しかしこう、もう少し何とか、上手くやる方法はあると思うんだがなぁ」

顎に手をやり、目線を寄せないようにしながら、言外に背後の事を示す。ああ、とラルグド＝アンが相槌を打った。

「一応、お仲間と聞いていたので撒かなかったんですが、切り離しますか？」

そう言い放ち、彼女は足を止め、踵を返す。倣うようにして、後ろへと視線を向けた。

――ガシャン、ガラガランッ。

何か、鉄のようなものが崩れる音。そして響き渡る怒声。ひたすらに謝る女の声。

尾行するというのなら、せめて対象が気づきかけた時の対処くらいは、考えておいて欲しかった。暫く待つが、何も出て来はしない。よもや、先ほどの失態を犯してなお、その場に留まりつづけてるんじゃなかろうな。

俺は頬をひくつかせ、嫌な予感を脳裏に張り付かせながら、念のためにその名を呼んでみた。

「あぁー……何か、喜劇の練習でもしてんのかい。フィアラート＝ラ＝ボルゴグラード、雇い主さんよ」

木板が酷く軋む音が、響く。ラルグド＝アンの怪訝な表情と視線が痛い。別にあれは俺が指示したわけでも、まして知らせたわけでもないのだ。そう責めないで頂きたい。

貧民窟の掘っ立て小屋の影、そこから現れたのは、その艶やかに纏まった黒髪を僅かに解き、視線を困ったようにうろつかせた、魔術師殿。フィアラート＝ラ＝ボルゴグラード、その人だ。

「……何よ」

なるほど、それはこちらの台詞だろう。よもや、尾行していた相手から告げられるとは思っていなかった。

「別に、ふと見かけただけであって、追っかけまわしたわけじゃないのよ」

何とも言い訳がましくフィアラートは言葉を繋ぎ、視線はこちらの追求から逃れるようにうろつきまわっている。挙動不審極まりない。

間違いなく、彼女はつけ回していたのだ。理由はどうにも、知れないが。この俺を。

どうします、と問いかけるようなラルグド＝アンの目線に大きくため息で返す。

どうにも俺には厄やそれらを集めた精霊が背について回っているようだ。そいつらは何処までも、俺を逃がす気はないらしい。

＊

延々貧民窟を歩き回り、ようやく辿りついた場所といえば、それは売春宿の一部屋だった。

ベッドと丸椅子が置かれただけの簡素な部屋。どうにも狭く、人が四名も入れば少し暑苦しさを感じるほど。そこに加えて、大樽が据えられているものだから余計に狭い。ずっと気にはなっていたのだが、なんだこの樽は。

この狭さを見るに、此処以外にも恐らく彼ら、紋章教徒の拠点は複数あるのだと思われる。用心深いと賞賛すべきか、面倒だとため息を零すべきか。

「駄目だね。手は八方尽くしたが、此処の住人はどうにも、無気力の根が深い」

ラルグド＝アンが協力者且つ同士と、そう紹介した男は、大きく首を横に振って椅子に腰かける。顔を俯かせ肩を落とすその姿は、その身体にのしかかった重荷に、今にも押し潰されかねんと思うほどだ。

「食料や金銭の斡旋を行っても尚、良い返事はいただけませんか」

顎を指でなでながら、ラルグド＝アンの眉間に皺がよった。何時も快活な表情を見せている彼女がそのような困り顔をするのは、何とも珍しい印象を抱かせる。

しかしなるほど、と、思わず目を瞬かせた。何故、ラルグド＝アン並びに紋章教徒が貧民窟に拠点を作っているのかと思えば、人の出入りが激しく、目につきづらいからなどという、単純な理由だけではなかったわけだ。

「貧民窟の人間には独特の理と慣習がある。受け取るもんは受け取るが、彼らが何かを差し出すとは限らんって所でなぁ。それでアン、そちらのお二人が？」

ようやくその重く俯けた顔をあげた男は、俺、そしてフィアラートへと視線を向ける。

フィアラートは此処が売春宿だと気づいて、何とも居心地が悪そうに肩を揺らし、その頬を染めていた。なにせ周囲の薄い壁板からは、なんとも艶めかしい女の声が何度も這い出てはそのまま通り過ぎていく。いやでも耳に入り込んでくるだろう。だからこそ、密会には都合が良いとも言えるのだが。

「ええ、こちらが英雄殿、ルーギス様。そしてルーギス様のご友人、フィアラート様です」

ラルグド＝アンの紹介に、フィアラートは何処か不安そうに猫背になりながら、唇を開いた。

「あの、これは何の会合なのよ。貧民窟での密会なんて、まるで悪党の如しって感じで、良い気分じゃないんだけれど」

男は、目を丸めながらラルグド＝アンに視線を向け、そして彼女を経由して視線は最終的に俺へと回ってきた。連れて来たのには理由があるのだろうと、そう問い詰めるような視線だ。

それは勿論。だが確約はしかねる。これはある意味で賭けだ。大いなる賭け。上手くいけばフィアラートを引き込め、そしてヘルト＝スタンレーから引き離すことが出来る。失敗すれば、何、手段は幾らでもある。後ろ暗い事には慣れるのが冒険者というものだ。

それに、勝算はなくはない。あの、地下神殿での一件。あれを見るに勝率は五分五分。そして俺にとっては五分もあれば、上等と言わざるを得ない。

こちらを見つめる、六つの瞳に応えるように、唇を開く。

「暗がりの密会、貧民窟、そしてどうにも全うとは言えない人間の集まり。よもや、天使様でも此れを善良とはいうものかよ、雇い主様」

ぴくりと、フィアラートの眉が上がる。唇は怯えを見せて震えだしそうな所を気丈にも締め直し、代わりにその喉がごくりと鳴ったのが分かった。

「仰る通り、悪党の密会さ、此れは――愛しのガルーアマリアを、どうやってこの腕に抱き寄せるかってよ」

暗闇の中、押し出された言葉に三者の緊張が混じる。

ラルグド＝アンと男は、目を見張り、そしてフィアラートの一挙手一投足を見守っている。何が起ころうと、此処から逃がさぬ為に。彼女が何を成そうとも、即座に処理をする為に。

誰もが緊張の中にある一瞬の静寂、フィアラートの黒く美しい瞳が、大きく見開かれ、俺の姿を鏡のように映し出していた。

『我が共犯者』

フィアラート＝ラ＝ボルゴグラードが目を覚ました時、誰も其処にいなかった。

いつも通りの学院の寮、使い慣れたベッドに横になったまま、フィアラートの瞼が数度瞬く。何時も通りの光景だ。部屋の中には誰もおらず、実験器具や、散乱した本が積み上げられているだけ。頭の中は靄がかかったように明瞭でなく、少しふらつく。

――もしかすると、あれは夢だったのではないだろうか。

そんな思いが何の脈絡もなく、フィアラートの胸中に産声をあげる。その黒い瞳に映る光景が、余りに何時もと変わらなくて。普遍的すぎる情景。変わらぬ朝の様子。ああ、そうだろうとも。いるはずがない。私の為に命を掛けてくれる存在などいるものか。何とも、馬鹿らしい夢を見たものだ。私は強く、強く、強くあらねばならないのに。

きっと、ギルドなぞに、依頼をしにいったのが悪かった。あれで何か世界が開けるのではと、思い違いをしてしまったのだ。

フィアラートは黒い瞳を伏せ、思考を落ち着かせるように吐息を漏らす。短慮だった。ギルドを通じて外の世界へと出て、そうして自身を嘲弄した者達を見返す。そんな刹那的な感情の為、愚かな短慮に走ってしまった。

都市国家の生まれではない彼女には、正式な魔術師ギルドは利用できない。魔術師ギルドは、あくまでもガルーアマリアの魔術師を肥えさせ、国家の利益とするもの。フィアラートのような余所者は、その対象ではない。

さて、何時も通りだ。今日も何時も通りの日常が始まる。ヘルト＝スタンレーと合流し、魔術の講義を受け、研究に努める。それだけだ。それだけだというのに、ああ、何故。何故こうも心の中は空虚なのだろう。何時ものそれと、何ら変わらぬというのに。心はどうして、苦しみに震えているのだろうか。

足が、どうしても学院へと向かわず、ヘルトとの待ち合わせ場所にも、行けず。その日初めて、フィアラートは、魔術の講義を欠席した。誰も気に留めなかった。誰も、興味を抱かなかった、そんな些事には。

「何してるのよ、私は……」

顔を俯け、思わずフィアラートの唇から言葉が漏れる。足指のつま先を丸め、市内を意味もなく散策する。何もない。何もあるわけがない。だが、心の何処かが欠落を訴えている。

戻りたくないと、あの日常へ戻るのは御免だと、心臓が胸を引き裂き、外へと出て躍動したがっている。蔑まれ、見くびられ、己の意見が尊重される事は決してない。そんな日常へは、とても戻りたくないと心は訴えている。

だが、私には何もない。夢、全ては夢なのだと、そう心の中でフィアラートは呟く。ヘルトにも悪い事をした。確か起床するすぐその時まで、近くにいてくれていた気がする。後で謝罪し、また、研究を手伝ってもらうように頼まなければ。

――だって、私の為に何かをしてくれるのは、ヘルト＝スタンレーしかいないのだから。

黒髪を揺らし、大きく溜息をつきながら、自然と足が外へと繋がる大門へと向いていた。白昼夢に連れられるよう、フィアラートは石造りの大門に寄りかかって外を見つめる。

確か、此処だ。夢の中では此処で、あの男と合流を果たしたのだ。そうして、それで。

フィアラートの黒く大きな瞳が、より大きく、見開かれる。新調したであろう緑の服を纏い、揺れ動く大きな樽と、貧民窟の方へと足を向ける人影。

夢の続きが、其処にいた。

＊

「仰る通り、悪党の密会さ、此れは――愛しのガルーアマリアを、どうやってこの腕に抱き寄せるかってよ」

フィアラートの脳内は深くかかった靄が晴れたように、その男を思い出していた。

私を救いあげた彼。その矜持の為に命を賭けた彼、ルーギス。そうだとも、あれは夢なのではない。脳が日々の慰めに作り上げた妄想などでは断じてない。

彼は確かに存在し、そうして、私に語り掛けている。そして、ああ、そう、まるで信じられない悪夢のような言葉を紡ぎあげている。

黒い瞳が、部屋の中の面々を見つめ、思考を纏めるように唇を開く。

「……正気の言葉じゃないわ。まさかとは思うけれど、貴方、何処かの国の間者だとかそういうわけ？」

表情を青ざめさせたフィアラートの問いに、まさか、とルーギスは大袈裟に肩を竦めた。

「今日お会いした聖女様がマリアに夢中でね。命を拾いあげて貰う代わり、その肩くらいは持たなきゃならなくなった」

「それって、紋章教と手を組んで、って事。余計に、正気じゃないわ。過去の万人が手をだし、誰もその偉業を成せなかった。いいえ、違う。万が一、それを完遂できたとしても」

それは、世界の敵になるという事じゃないの。フィアラートの唇から零れた音は、そう言外に告げていた。

考えるだけでも恐ろしい。この周辺各国はその大部分が大聖教所属の下、統治が成されている。紋章教への迫害、弾圧の程度に関しては勿論差異はあるが、ガルーアマリアがその手によって陥落したとなれば別だ。

大聖堂は正式な紋章教討滅のお触れを出す好機を得、そしてどの王も、大義があればこの都市国家ガルーアマリアの利権を見逃しはしない。

間違いない。ガルーアマリアへの攻撃は失敗すれど、成功すれど、紋章教徒は世界の敵になる。

フィアラートの両脚が、何かに掴まれたかのように竦み、硬直する。その全身は強張り、全身の血流が猛り狂ったかのように早まっているのが分かった。

「冗談、よね。冗談といって、ルーギス。貴方は利用されてるだけ、聖女だって、この人たちだって、貴方の事をこれっぽちでも考えてると思うの!?」

部屋の中にいた男性と、少女。二人の目つきが少し強まったのが、フィアラートには分かった。警戒するような、こちらを押しとどめようとするようなそんな視線。だが知らない。そんな事は知った事じゃない。フィアラートの脳裏には、あの地下神殿での一幕が浮かんでいる。全身に火を灯らせ、自身を助け、そのまま絶命しようとしたルーギスの姿。ああ、嫌だ。あんな光景はもう二度とみたくない。彼を、ルーギスをもう、失おうとは思わない。ガルーアマリアの奪還などと、そんな狂気染みた妄想の為に、彼を殺すわけにはいかない。

自らに当てられた視線にフィアラートが返したもの、それは見るものを全てを凍てつかせるような瞳だった。その黒い瞳には何者も跳ね返す、意志が煌く。もう何者にも、この意志は侵させまいとする、強固な光。

「大体、貴方は冒険者でしょう。事を起こせば、間違いなくその身分は剥奪される。こんな事に加担して、再び昼間の世界を歩けるわけないじゃないの」

そう、冒険者というのは吹けば飛ぶ程度の小さな身分。紋章教徒に与してガルーアマリアへの攻勢に加担したなどと、そんな事が周知の事となれば、もはや通常になど生きられない。貴族や上級階級ならまだしも、低劣な庶民如きには名誉挽回の機会も、汚名を返上する場面も与えられはしない。

ルーギスの頬が、ぴくりと、揺れた。彼に、言葉は届いているのだろうか。フィアラートの瞳には、もはや感情が大粒の涙として零れ出ている。嫌だ。嫌なのだ。貴方が失われるなど。懸命に生きる者が死ぬなどと、ああいや、違う。そんな建て前など、もうどうでも良い。

――私を、命を賭して私を救ってくれた人が死ぬのを、どうして許容できようか。

その華奢な肩に黒髪が垂れ下がる。息は荒れ、感情は全身を揺らしている。身体には熱がこもり、全身を行き渡る血は毒でも含んだかのように熱い。

フィアラートの呼吸が落ち着くのを待つように、ルーギスは噛み煙草をゆっくりと懐にしまい込み、そうして、言葉を探すように口を開いた。

「俺は生まれに恵まれもしなければ、才も与えられず、神の寵愛も受けられなかった」

部屋に落とされたその言葉に、他の三者はやや、目を丸くする。その言葉は、フィアラートの激情への返答ではなく、まるで宥めすかすような言葉でもない。そう、言うなら独白のような言葉であったから。

「幾度も苦渋を舐めた。誰からも見くびられ、誰からも侮蔑された。ああ、それは仕方がない。仕方がないとも。何せ俺は、持たざる者なのだから」

フィアラートはその言葉に対する返答を持ちえなかった。見くびられ、侮蔑される屈辱をよりよく知っていたから。しかしてそれを、彼のように持たざる者だからと、受け入れる術を持っていなかったから。

「持たざる者は茨の棘が敷かれた道を歩き、その手足を自らの血で洗うしかない。誰もが踏みなれた道を行き、諦観と惰性に塗れた日々を送るのはもう、御免だ」

それは、酷く実感の籠った言葉。まるでそれをすでに経験したかのような。そしてその日々を、心の底から恐れている様な、そんな口ぶり。

「だから、決めた。この胸が決断を下したよ。聖女様がこちらを利用する気なら結構、精々俺も彼らを利用しよう。フィアラート、お前はどうだ」

どうだ、と、そう問われ、フィアラートの脳内は動転した。何を、だ。私に何を決断しろというのだ。出来ない。私にはそのような事、出来ない。今まで、ヘルトが守ってきてくれていた。たとえ私が道を踏み外そうと、ヘルトが導いてくれていた。しかし、彼は今此処にいない。

目の前にいるのは、ルーギス。貴方だけじゃない。

「紋章教の遺物を探っていたあんたに、宗教的な忌避感はないと踏んでるんだが。地下神殿で、あんたは随分落ち込んでいる様子だった。あるんだろう、見くびられた記憶が。侮蔑され、屈辱を受けた経験が……勿論、断るならそれも良い。此処を走り出て、ガルーアマリアの衛兵詰め所に駆けこんだって良いさ」

それを俺は止めはしないよ、と、何時もの軽口とは違うトーンでもって、ルーギスは言った。

ああ、そういう事か。どうあっても私に決断しろと、そういうのだ、彼は。私の意志を、尊重してくれるのだ、ルーギスは。フィアラートの黒い瞳が揺れ、喉は緊張に渇き、肩が上下に動いた。

「――だが、願わくばこの手を取ってくれる事を」

そうして、差し出された無骨な手。人生を精神とともにすり減らし、魂を摩耗して生きて来た証。

構わない。私は、構わないの。世界の敵となろうとも、万人から侮蔑を受けようと、そう、構わない。ただ、一つ。そう、ただ一つの願いが叶うならば。

一瞬の間を置いて、フィアラートのきめ細やかな手が、無骨な手を握り込む。頭の中に入り込ん

だ虚ろな靄は消え去り、その思考は明瞭なものへと姿を変えた。ああ、清々しい。なんと、清々しい気分だろうか。

「光栄だ、雇い主様――いや、違うな。ようこそ我が共犯者、フィアラート」

――そう、構わない。貴方が、永遠に私の味方であってくれるなら。

『黄金の岐路』

ガルーアマリア、学院内の修練場。

木で作り上げられた人形や、軽い魔術の補助器具が据え置かれたこの場所は、何時も人気がない。当然といえば当然で、此の学院に通うのは、それ相応の家柄か、もしくは富を得た者のみ。彼らの多くが求めるものは、魔術や剣術ではなく、学院出身者という箔、そして上級階級とのコネクションｏ。それゆえ、剣や魔術の修練に励むものなど、まずいない。

此処に足しげく通うのは、魔術の才を渇望する少女と、もう一人だけ。

陽光を反射し、白い輝きを放つ両刃剣。そこについた僅かな汚れを拭き取りながら、ヘルト＝スタンレーは瞼を軽く閉じた。

――ズァンッ。

それは息を呑むような一閃。白色が陽光を切り裂き、静止した空間がその一瞬、断絶する。周囲の風は迸り、剣筋に怯えて一通り駆け回ると、再び元の空気の流れへと戻っていった。

ヘルトの眉が、僅かに顰められる。軽く奥歯を噛みしめ、今日は上手くいく日ではないのだと、軽い見切りをつけた。

傍から見ていれば、それはまさしく天賦の才を感じる一閃。何ら口を挟む要素はない。しかし、自身にはその不調が隠せない。幾ら巧妙に騙し繕おうとしても、自分自身はあっさりとそれを見抜いてしまうものだ。特に、ヘルトという人間はそれを見過ごせる人物ではなかった。

剣筋にあらわれる僅かな濁り、肉体は万全、では理由は精神に。

己の精神に巻き付いているものの正体は恐らく、彼だろうと、ヘルトは思う。先ほどからそれに対する疑問、思案が、脳内を駆け回っている。剣を鞘にしまい込むと、その黄金に輝く髪先が揺れた。

「何辛気臭い顔をしてるんだよ、ヘルトちゃぁーん」

頭の中の思案がそろそろ周回を始めようという時、不意にヘルトの背後に人体が飛び掛かる。といっても、まるでじゃれつくような、そんな絡みつき方ではあるが。

「……叔父上、お久しぶりですね。学院に来られるなど、珍しい」

ヘルトが何事もなかったかのように後ろを振り返ると、その人物は愛想がない、とでも言いたげに首筋を捻った。

「貴様に会いに来たのさ。そうでなければ、此処に通うのは先を見通せぬ盆暗《ぼんくら》ばかり、誰が好んで来たいというんだい」

あんまりな言いぐさに、思わずヘルトは苦笑で返した。

バッキンガム＝スタンレー。ヘルトの叔父にあたる人物で、悪ふざけと美酒を片手に人生を生きる、そんな評価を周囲から受ける人間。早々にスタンレー家の跡継ぎ争いからは脱落し、一時期は遊び人のように放蕩な日々を過ごしていたが、今ではその伝手の広さと社交性を買われ、スタンレー家の外交に携わっている。

何処か読めない、飄々とした所がありつつも、それを不真面目と嫌う人間より、その独特の空気に好感を覚える人間の方が多かった。

実際、ヘルトはバッキンガムの事が嫌いではない。常におどけた様子ではあるが、面倒見が良く、情に厚い。慕う者が多いのも理解は出来る。

「叔父上、馬鹿々々しいご質問が一つ。人間とは、真の悪意を胸に潜ませたまま、真の善行を成すことが出来るものでしょうか」

故に、ヘルトの相談事というのは、厳格かつ近寄りがたい父よりも、むしろこの叔父に向かって零される事が多かった。

今朝から、いや正確にはあの地下神殿より脱出した直後から、ヘルトの脳裏には蜷局《とぐろ》を巻く蛇が潜んでいた。その正体は他でもないヘルトが理解している。緑色の服をはためかす冒険者、悪辣とも正義とも取れぬ者、ルーギス。

バッキンガムは、その呼びかけを予想していたのだろうか。修練場に用意された椅子に腰かけ、頬杖を突く。そして、大して考えるでもなく、言った。

「出来るさ、当然。それこそが人間だ。矛盾を常にその胸に孕ませ、生み落としてはまた孕む。それが人間の性ってやつじゃないかな、ヘルト？」

その確信を持ったような言葉に、少し面食らってヘルトは唇を噛む。

そういうものだろうか。いや確かに、彼はその体現者だったようにも思う。ヘルトは噛んだ唇を撫でながら目を細めた。

フィアラートに対し法外な条件を突き付ける、自己保身とも言える行動。しかし、その後にはフィアラートを守る為に自らの命を炎に投げ出す、自己犠牲と取れる行動。悪辣さと善良さ。どうにもその矛盾した行動には、ヘルトは首を傾げざるを得なかった。

自己保身を第一に思うのならば、自らを犠牲にしてフィアラートを助ける必要がなく。自己犠牲を第一とするならば、フィアラートに法外な条件を突き付ける理由がない。

分からない。ヘルトには、まるで彼が、ルーギスという人間が理解できなかった。

「私にして見ればヘルト、貴様の方がよっぽど理解が及ばない。どうにも、人間味がないのだ。人間は懊悩《おうのう》し、吐き出し、愚かに迷った挙句、今までの人生とは全く逆の判定を下すこともある。だが見てみろお前というやつは、正義だ善意だ、馬鹿の一つ覚えじゃあないか。嗤《わら》ってしまうよ」

だが、悩むようになったのは良い事だと、バッキンガムは妙に愉快そうに犬歯を見せて告げた。

悩み。そう言われてみれば、こうも一つの事に悩んだのは、そうなかったことかもしれない。大抵の事は、善意か、悪意か。そう割り振って生きて来た。それで良いと、疑おうと思わなかった。

だが、彼は、何とも割り振り切れない。

「そう、人間なんてのは悩んで初めて成長する。人間を悩ませる為に、神様は我々をお作りになった。さぁ、神様に祝福を！　ありがとう、この悪意の坩堝《るつぼ》に生み落としてくれて！　無限に我々を悩ませてくれる！　ああ、ありがとう！」

「……叔父上、またそのような事を。異端と指さされても仕方ありませんよ」

まるで異端者のような言葉遣い。何時もの悪ふざけのように見えるが、されどその声色や瞳の色は、真実であるかのように物事を告げている。

この男の、バッキンガムの言葉のどれが悪ふざけで、どれが本意であるのか。きっとその奥方にだってわかりかねる所だろう。

だが、だからこそ外交に向いた部分があるのは確かだ。

「冗談さ。冗談の類だ。さて、ヘルトよ。叔父は今よりガーライスト王国にいかねばならない。此処に来た理由がそれだ。貴様さえ良ければ、共に行こうかと思ってな」

その言葉に、思わずヘルトは眼を細める。余りに唐突な物言いに、流石に言葉が淀む。バッキンガムは無理にとは言わない、と告げながら更に言葉を続ける。

「最近この辺りはきな臭い。当主である兄上は仕方がないが、次期当主のお前は少しばかり離れるべきだと、そう思うのだ。異端ではないが、東へ逃げたはずの紋章教徒の奴らが、妙にその姿を見せている」

お前は、そのような話は聞いていないか、そういってヘルトの瞳を覗き込むバッキンガム。

別に、疑ってかかっているわけではない。むしろ、知らない可能性の方が高いと踏んでいるだろう。だが、ヘルトの脳内には明瞭に、そのきな臭さの正体が浮かび上がっている。武装した紋章教徒の集団、その妙な警戒の度合、そして聖女と呼ばれた女性。

今此処で、これを話してしまえば良い。そうすれば、叔父は間違いなく自分をガーライストへと連れていき、危難は去るだろう。あくまで感じるのはきな臭さだけだが、備えをしておくことは悪い事にはならない。

だがしかし、告げてしまえば自分は此処にいられない。であれば、言わぬという選択肢もあるのではないか。ヘルト＝スタンレーは己の内から湧き出た考えに愕然とした。それは、彼にとって初めて得た思考に等しい。

善意と、正義。その二つを理に人生という道を歩んできた彼に、今まで岐路などない。全ては正しく成せば、それで良かった。

だが、今此処に初めての岐路がある。全てを話し、此処を去るか。黙して、此処に残るか。

話すべきだろう。それがヘルト＝スタンレーという人間のはずだ。そうして、今まで生きて来たはずだ。実に、正しい。たとえ、自らの内に湧いて出た疑問を取り残してでも。

ヘルトの中で、二つの意志が衝突を繰り返しているようだった。ヘルトの内より生じた意志と、正義や善意から生まれ落ちた意志が、せめぎ合っている。

ああ、どうしたものか。これが悩みか。これが、懊悩というものか。一瞬の躊躇《ためら》い、その果てにヘルトの口から、せめぎ合いの勝者が這い出た。

「……いえ、何もありませんでしたよ、叔父上。ええ、特筆すべき事は、何も」

本来なら。本来の自分であれば、こんな判断はくださなかったはずだと、ヘルトは一人胸中で呟く。正しいと思った事を、ただ成したはずだ。

だが、今この心の中に生まれた衝動を、正義という名の布で覆い隠してしまうのは、それこそ欺《ぎ》瞞《まん》と呼ぶべき恥ずべき行為ではないかと、そう思う。

ゆえに、ヘルト＝スタンレーは決断した。正義と善意ではなく、己の内から湧き出た意志に選択を預け、ガルーアマリアにその身を留めることを。

＊

城壁都市ガルーアマリア。東西の商人が行きかい、今まさにその絶頂を極める文化の中心地。誰もが思う。ああ、明日もきっとこの栄華が続くに違いない。昨日もそうだった、今日も、同じだった。ならばきっと明日も同じに違いない。

それはきっと、ガルーアマリアに住む者誰もが持っている思いの一つ。何せガルーアマリアという都市は、その長い歴史を幾ら辿ろうと、一度たりとも姿を変えたことがない。周囲は、歴史に翻弄されるまま、強国に踏み潰される様に、幾度もその姿と在り方を変えて来た。何と惰弱な、何と憐れな。歴史の風に、歴史の重みに摺りつぶされるなど、無様なことこの上ない。

此処は違う、違うとも。ガルーアマリアの大城壁は、ただの一人も陥落させたことがない、歴史の生き証人。その揺り籠に守られて幾つもの歴史を積み上げてきた人間たちは、その根底に大小の差はあれど、皆確信しているのだ。

――ああ、明日もきっと変わらぬ日々に違いない。

だが今此処に、歴史の種が埋め込まれた。誰も気づかず、見向きすらせず、だがそれでも確かに、一粒の種が埋め込まれた。

それは大逆であり、血を滴らせてなお茨の道を進む意志である。それは正義であり、善を成す大義である。

それを見て、黒い影は一人、笑う。大仰に、まるで舞台で踊る演者のように。はたまた役者に喝采を浴びせる観客のように。一人、笑う。

——役者は揃った。脚本も此処にある。だが役者の誰もが、脚本を破り捨てる権利を持っている。

それでこそ、というものじゃあないか、なぁ？

歴史の種が、産声をあげようとしていた。

『その手に幸福がありし頃』

孤児院の食事というのは、常それほど多いものではない。勿論私も、子供ながらにそれが致し方ない事であるとは理解していた。

管理人であり、育ての親でもあるナインズさんから、日々の生活が周囲からの支援で成り立っていることを繰り返し聞かされていたし、それに親に見捨てられ、何も食べることが出来なかった頃を思えば、今の食事量でも十分恵まれているというものだ。

なにせこの身が今持っているものは精々、アリュエノという名前だけなのだから。

だが、それでも、やはりお腹が空くことを止めるのは難しい。意識しないでいようと思えば思う程、意識がそちらに向いてしまう。頭髪を揺らしながら、ぐるぐると音を立てそうになる自らのお腹を撫でる。

何せ、それしかやる事がない。当然ナインズさんの手伝いはするし、与えられた仕事はこなす。だが、残った自由時間を何に使えばよいのか、私には良く分からなかった。

他の子どものように、駆けまわって遊ぶ気は余りしない。それをすれば無駄にお腹が空く。お腹が空けば、その分辛くなるし、仕事も上手くこなせない。仕事といっても、精々が物を磨いたり洗濯物を運んだりという程度なのだけれど。他の子と比べて腕も細く、非力な私には十分、重労働だ。

他の子達との交流もないものだから、仕事を助けてくれる友達もいない。別に、それが悪い事だとは思ってないけれど。だって、孤児院にいる以上、どうせ最後はお別れになる。友達になればその分、辛い想いをするだけだ。なら最初から離れていた方が良いに決まっている。

ふぅ、とため息が思わず漏れる。それは私の、癖のようなものだった。胸の中に、私の少ない語彙では言い表せない面倒な感情が現れた時、溜息をついて全てを吐き出してしまう。そうする事で、少しばかりは胸の中が楽になる。

勿論、所詮は一時のごまかしに過ぎないけれど。

「――何だお前、こんな所で。腹でも痛いのか」

何時もの様に孤児院の隅に座り込んで、時間が過ぎるのを待つ。それは、何時も同じ、変わらない行動だ。

そこに、今日は声が掛かった。軽い感じで、どこかこちらをうかがっている様な声。聞いた事はある声だった。孤児院の子供の内の、一人だろう。だけれども、名前は知らない。伏せた顔をあげると、そこには緑色の服を着て、首を傾げる何処か捻くれた顔があった。こう言ってはなんだが、余り子供らしくない。後目つきが悪い。

仲良くする気はなかったが、それでも話しかけられたのに無視するのは流石によろしくない。唇を、少しだけ揺らす。

「……お腹、減ったの」

それだけぽつりと呟いて、黙り込む。それ以上喋ると、余計にお腹が空きそうだったから。私としてはむしろ、口を開くだけでお腹から何かが出て行ってしまいそうで、ぎゅぅっと唇を噛んで口を閉じる。

目の前の子も、きっと何処かに行ってしまうだろう。お腹が空くなんて、此処にいる人間は誰でもそうなのだから。

その彼は軽く肩を竦めると、屈みこんで言った。

「だからってそんな死人みたいに座り込むやつがあるかよ。仕方ねぇやつだなぁ、おい」

この子、嫌いだ。瞳を歪めながら、睨み付けるようにして眉をあげる。

お腹が空くものは空くのだから、仕方がないではないか。そう言い返そうとするも、胃の内側がきゅぅ、と痛んで顔を顰める。お腹が、空いた、というよりもはや痛い。顔を強く、顰めた。

その様子を見て、首を軽く振りながら、その子は何処かに行ってしまった。最初から、そうして欲しい。無駄な言葉を発してしまった。思わず、ため息を漏らす。

そして、お腹が絶えず訴える空腹と痛みに耐えるように瞳を閉じていると、再度、誰かが目の前に立つのが、分かった。もう、仕事の時間だっただろうか。

そう思って瞼を開けると、緑の子が、またそこに立っている。そうして、ぽんっとなにか軽いものを私の膝の上に、投げ入れた。何だ、新手の苛めだろうか。

今一その事態が理解できなくて、目を瞬かせる。膝の上には、手の平くらいの大きさの、練り菓子が乗っていた。思わず、傍で立っていた緑の子の顔を、見つめる。その子は、口に私に渡したのと同じくらいの練り菓子を咥えていた。

「くすねてきただけだからよ、気にしなくていいぜ」

そういって、彼の親指が台所を指している。そのまま、もう用はないとばかりに緑の彼は何処かにいってしまった。

その晩、彼がナインズさんから散々に折檻を受けていたのは、今でも覚えている。その様子を見て、助けようとした私を視線で追い返したのも、含めて。

それが私アリュエノと、何時も捻くれていて、それでも妙に優しい幼馴染、ルーギスとの出会いだった。

＊

それは私とルーギスが互いを認識し、暫くが経った頃。

太陽がその瞼を降ろし、月が身体を中空に表した夜に、私とルーギスは、二人でこっそりとそれぞれの寝床を抜け出した。

「よぉし、静かに。そぉっと静かにだぞ、アリュエノ」

口元で指を立てながら、ルーギスはそういって、私を先導する。その瞳が妙に輝いていて、楽し気だったものだから、私は思わずぎゅっと唇を固くして、こくこくと頷いた。片手はルーギスに繋がれ、ぐいと引っ張られている。痛くなるほど強くはないが、それでも離れないほどには、しっかりと固く握られていた。

ルーギスは、孤児院を抜け出して、何処にいくというのだろう。しかも、こんな夜更けに。そう不思議に思いつつ、私はルーギスに聞こえないよう僅かにため息を漏らした。

本来なら、こんな夜に何処かに抜け出す気は更々ない。むしろ寝る時間が減れば、それだけお腹は空くし、疲れもたまる。こんな行為、馬鹿々々しいとも思える。だが、それでも緑の彼、ルーギスが、言うのだ。いいものを、見せてやるよ、と。

大きく溜息をつきながらも、私はそれに従った。ルーギスは練り菓子の件以降も、何かと私を気にかけてくれていたし、私自身、実はそれを悪く思っていなかった。少しばかり、手間のかかる妹分のような扱いになっているのは気に食わないが。

だから、少しばかり面倒に思ってはいたものの、特に抵抗もせずルーギスの手に引かれていった。それくらいのことは、しても良いかと、知らずこの胸は受け入れていたらしい。

孤児院の扉をくぐり、路地裏を静かに歩き抜け、都市周辺をぐるりと囲う壁の前に、出た。そこで、行き止まりだ。思わず首を傾げる。此処に、何があるのかと。別に何も、ないだろうに。

ふと顔を上げて、じぃっと街周辺を覆う壁を見つめる。私は、此の壁が嫌いだった。

それほど大きな壁、というわけでもないが、子供である私には十分に巨大で、手が届かない。それはまるで自分たちをこの都市に釘付けにし、閉じ込めている様で。それがそのまま自らの未来を暗示しているようにすら感じてしまって、どうにも好きになれなかった。

勿論、本来の意図としては都市を守るものだとは、理解しているのだが。それでも、だ。

どうせ、孤児院の子供に待っている未来など、そう輝かしいものではない。光り輝く未来など見つめることはなく、何処かに身請けされて、一生を暗がりの中で過ごす。ただ、それだけの未来。瞼を重くしながら、目を細める。やはり、こんなものを見るくらいなら眠っていた方が良かったかもしれないなと、思いながら。

そんな私の態度など知らぬとばかりに、ルーギスは私の手を引いて、壁の隅へと引き寄せる。

其処には、穴が開いていた。小さな、子供がやっと通れるくらいの、穴。ルーギスと、私程度の体格であれば十分に通れるであろう穴だ。

ルーギスは手慣れたようにその隙間を潜り抜け、早くしろよと、そう言わんばかりに穴の奥から私を手招きする。

流石に、此れは、良いのだろうか。思わず、瞼を瞬かせる。

子供だけで都市を出る事は、固く禁止されている。壁が崩れている所を見かけたら、大人に報告をするのが決まりだ。壁なぞ嫌いだと、そういう癖にこんな所で真面目な性格が顔を出してしまう事に、私は大きくため息をついた。

そして全てを吐息にして吐き出してから、ルーギスの手を再び取って、壁を、潜り抜けた。目を、見開く。


——そこには、月と星々に照らされた広い大地と、空があった。


本当に、ただ、それだけ。言ってしまえば、本当にそれだけなのだ。

何か偉大な建造物があるわけでも、綺麗な花々が咲き誇っているわけでもない。だけれども、私の瞳は、その光景を己の胸に焼き付けていた。

貧民が住む裏通りは、住居が重なり合い、屋根が互いに絡み合って、空が、狭い。住居もそう、孤児院での寝床は殆ど身体が収まれば良いというくらい。広々とした空間を使えるなんてことは、そうない。

今まで、その世界が私にとって全てだった。狭くて、遠い、遠い空。この狭い世界の中で、自分は終わっていくのだと思っていた。

だけ、れど。星々はその輝きを存分に大地に与え、世界は水平線の彼方まで続いている。きっと、何時までも、何処まで歩いて行ったって、終わりを与えてくれないだろう。こんなにも、世界は、素晴らしい。

視界が、揺れる。涙すら、溢れそうだった。

「どうよ、いいもんだろ。俺は何時か、冒険者になって此の街を出ていく、必ずな」

何処か遠い目をしながら、ルーギスは言った。

それは、この広い世界に、憧れを持った言葉。こんな、狭い。余りに狭い世界など置き去りに、何処かへ飛び立っていくのだと、ルーギスは希望をその瞳に宿している。

その瞳が、何故か、胸中を揺さぶった。ああ、そうか。いずれルーギスも何処かに、旅立って行ってしまうのだ。今更ながらそんな事を、実感させられた気がした。

「そうなの。じゃあ、もし本当に、そうなれたなら」

それが何とも、嫌な気分で。私は思わず唇を動かしていた。子供心に、分かってはいた。何時かは何処かで、ルーギスと離れるのだと。それは分かってはいたのだが、どうにも、言葉にしておきたかった。でないと、今すぐにでもルーギスは、何処かに旅立って行ってしまいそうだと、そう思ったから。

「そうなれたなら――ルーギスを私のお嫁さんにしてあげるわ、ええ、構わないわよ」

何で、男の俺がお嫁さんなんだよ、とルーギスは苦笑しながら答えた。だが、否定はしなかった。此れで、少しくらいは心に残してくれるだろうか。将来、いずれ離れてしまうだろうけど、これ位は、忘れないでいて欲しい。

それから、私はルーギスと、随分多くの時を共にした。それまでは体力の無駄だと、殆ど皆と遊んだりする事もなかったにも拘わらず、あの大空を見て以来、私は随分と活発に動き回るようになったのを覚えている。それこそ、ルーギスを引っ張り回すほどに。

ルーギスは、何時も何処か苦笑をして、それでも嬉しそうに、私に付き合ってくれた。互いに、互いが大事だとでもいうように。幼少期の想い出くらいは、より良いもので埋め尽くす為に。

その先に、嗚咽を漏らすほどの、苦痛に塗れた人生が待っていることを、知っているからこそ、今この時を楽しむのだと、ばかりに。私とルーギスは笑顔を絶やさなかった。

そうして何時しか私は、癖であったため息をつかなくなっていた。ああ、ずっと、この時間が続けばいいのに。そう思い、私はため息の代わりに笑顔を、漏らすようになった。

『気高き銀猫』

紋章教の地下神殿から脱し、フィアラート＝ラ＝ボルゴグラード、そしてヘルト＝スタンレーと別れ、ギルドの個室にてようやく人心地ついた頃だった。

床板を不機嫌そうに鳴らしながら、カリアの銀髪が揺れ動く。

「ルーギス、休むのは後だ。此方に来い、今すぐに」

ベッドに倒れ込もうとする俺を指して、テーブル横の椅子に座りながら、カリアは言う。

勘弁してくれ。今、俺にまだ何かする事があるのか。

こちらはもう頭の中も、身体そのものも、完全に満身創痍。傷は癒えていようと、骨の髄まで疲れというやつが詰め込まれているのだ。

とてもではないが、何が出来よう身体でもないと、そう、告げる。ベッドに倒れ込み、たとえカリアが何を言おうと、重い瞼をそのまま閉じてしまおう。その、つもりだった。

「……そうか、つまり貴様は私の言う事など聞けぬと、そういうわけだ。唯一の仲間である、私の言う事が」

あからさまに、不機嫌を前面に押し出した声。目を僅かに開けて覗き見ると、唇を尖らし、睫毛を震わしながらカリアはこちらを見つめている。それがどうにも、かつての頃にすら見たことがない、まるで拗ねた猫のような有様だったものだから。

「……分かった、分かりましたってての。何だよ、言ってくれよ」

そう、声を掛けてしまった。本当に、どうしたというのだ。

鉄以上に重くなっていた腰を無理矢理にあげ、テーブル横の椅子に腰かける。かつて旅をしていた頃、カリアはこのように自分の感情を遠まわしに告げるような人間ではなかった。むしろ直情的といって何ら問題はなく、俺に対しては言葉を選んだことがない。そういう、人間だった。

だというのに、どうだこの、不満をその全身で表しながらも、お前が気づけ、それがお前の義務だと言わんばかりの態度。その節々に、やはり何処か気高い猫を想像させてならない。

そう思うと、この凶暴なカリアという生物も少しばかりは可愛らしく見えてくる。勿論、本質は別だが。

「よし、それで良い」

何処か満足気に、カリアは頷いて、そのまま手元にあったエールのグラスを傾けた。そうしてそのまま、瞼を瞬かせる。先ほどまで震えていた睫毛は、上機嫌に天井を向いていた。

カリア、俺もう寝ていいいだろうか。そう思っていると、カリアは唇を揺らしつつ、ようやく言葉を紡いだ。

「……貴様、どうして、あの時私の手を取らなかった」

その言葉に、軽く瞳を丸くしながら首を傾げる。カリアの手を、取らなかった。何の話だ、それは。余りに言葉が足りないのではないだろうか。それとも、それで理解しろとのお達しなのか。

俺の困惑した表情を見てだろうか。カリアは僅かに口ごもり、その小さな唇をもぞつかせながらも、言葉を重ねる。

「あの地下神殿の罠に掛かった時だ。貴様、どうして私ではなく、あの魔術師の手を取った」

俺から視線を逸らし、エールを喉に流し込みながら、カリアはそう言った。

そこまで聞いて、ようやく思い至った。なるほど、ヘルト＝スタンレーとフィアラート＝ラ＝ボルゴグラードを分断させる為、罠にかかった時の事か。確かに俺は、あの時カリアではなく、フィアラートの手を取った。

しかしどうして、と言われても流石にそのまま答えるのは気がひける。何よりカリアには意味が分からないだろうし、流石に一番最初から、全てを話してしまうことも出来まい。

何と、答えた者か。第一、どうしてカリアは、そんな事を聞くのか。どうにも分からない。仲間であるならば、自分を選ぶべきだと、そう言っているのだろうか。脳内を思考が走り回り、言葉をゆっくりと、選び取っていく。

「別に、深い意味はないがね。ただ近くにあった手を取っただけさ。意味が必要だったかい？」

これが、恐らく一番無難な答えだ。カリアにとっても先ほどまでのやり取りは、疑問を解消したいだけの問いだろうと思う。ならば、それを埋めてやるだけで、構わないはずだ。

そう、俺は気易く考えていた。

「……いいか。言っておくが、私なら貴様に、あんな無様な怪我はさせなかった」

俺の言葉をじっくりと噛み砕くような間を取りながら、ぼそりとカリアが呟いた。

銀色の瞳が、今度は俺の方を向いている。その瞳が、何処か何時もの強い意志ではなく、何か別のものを示しているような、気がした。

なるほどカリアの言葉は、最もだろう。もしカリアがあの場にいれば、恐らく最初から紋章教の連中に易々と捕まることはあるまい。少なくとも、それを良しとするような軟弱な意志を、カリアはもっていないのだから。

こちらの言葉を待たないまま、カリアは言葉を繋げていく。

「今回、貴様はあの魔術師に救われた。だが、そもそも言ってみればあれは貴様と、あの魔術師の失態の結果だ」

むぅ、とそう言って、カリアは言葉を途切らせる。銀の髪の毛が揺れ動き、その瞳がこちらを睨み付けるかの如く、見つめている。

ああ、なるほど。ようやく俺という人間にも、カリアの言いたいことが理解でき始めた。そうならそうと、真っすぐに言えばいいものを。いや、少なくともかつての旅では言っていたと思うのだが。

軽く肩を竦めながら、唇を波打たせる。どうやら騎士様は、思いのほか素直でもないらしい。

「――分かっているさ。フィアラートに助けられたことは感謝こそするが、カリア、お前が頼りにならない、なんてことは露ほども思ってないとも。お前が一緒にいてくれれば、当然無傷で帰ってきたはずだ」

だから、もう寝ていいだろうか。そんな思いすら含ませながら、言葉を告げる。要は、カリアはその部分を確認したかったのだろう。

先ほどからのやり取りは、今回の依頼で、私を見くびるようなことをするなと、活躍の場さえあれば存分に力を奮って見せるのだと、そう誇示する為のもの。随分と遠回りではあったが。

尊厳というものが、常人とはかけ離れて高いのだ、カリアは。そこが悪いとは思わない。むしろその気高さこそが、俺がカリアに敬意を示す部分でもある。

まぁ、俺なら依頼から無事帰れればそれだけで満足というものなのだが。カリアにとって、今回の探索の結果は不本意なものだったのだろう。

なら、言葉で満たされる分くらいは満たしてやりたい。そう思い、ちらりと、カリアの顔を覗き見る。もう、満足しただろうか。寝させてくれ。

だが、予想にかけ離れて、むしろカリアの瞳は怪訝そうというか、不機嫌さを増したような色を含んでいる。

「ルーギス――貴様は何も分かっていないな、ええ？」

その反応に、思わずほうけた声が漏れ出そうだった。何だ、俺の考えが間違っているというのなら、結局カリアは何が本意だったというんだ。

俺に余り高度な事を求めて貰っても困る。そういう事は十分に察しが良い人間としてもらいたい。

大きく、それは大きく溜息をつきながら、カリアは椅子から立って、俺と距離を詰める。

「いいか、ルーギス。貴様は私の仲間だ、そうだろう。なら貴様は、あの時、当然に私の手を取るべきだった」

椅子に座ったままの俺を見下ろし、視線を合わせながら、カリアは言う。

この女、分かってはいたものの、やはり無茶苦茶だ。

今回こそは別だが、本当に、罠にかかった咄嗟の反応として誰かの手を取るとき、態々人を選んでいられるものか。そんな事が出来る奴は、そもそも罠にかかったりしないだろうに。

そんな俺の困惑を示した表情を無視するかのように、カリアは言葉を継ぐ。

「何だその顔は。不服か？――私は構わんがな。貴様が私の仲間としての義務を果たせないというのなら、私は大人しく宝剣を取り戻し、ガーライストに帰ってやろう」

そう、言って。カリアはテーブルの上に乗っていたエールを、喉に通した。そして俺の間近に顔を、寄せる。下手をすればそのまま互いの吐息が当たってしまいそうな距離。

だから、こそだろうか。にぃ、とその瞳が面白そうに歪んだのが、分かる。反面、俺は頬が大いにひくついた。

カリアお前、その宝剣が今どこにあるのか知って、言ってるんだろうな。俺の、身体の中だぞ。

「勿論分かっているとも。だが、あの宝剣は私の半身のようなもの。貴様に半身を奪われて、私は身を引き裂かれる様な思いだよ、ルーギス」

それはそれは愉快そうに、喉を鳴らしながらカリアは言った。面白がっている。こいつ、紛れもなく、間違いなく今の状況を楽しんでいる。もしかすると、最初に不機嫌そうに見せたのも演技じゃあないだろうなと、そう思わせるほど。

「いいか、ルーギス。貴様は宝剣をその身に宿した以上、半分は私のモノだ。所有物が、勝手に持ち主を離れることはないだろう。ええ？」

もし離れるようなら、私は遠慮をしないぞ。その言葉を耳にして、ぞくりと、背筋が震える。銀色の瞳が、俺を射抜くようにしながら、間近で視線を重ねた。

なるほど、この横暴な部分は、どうにもかつての頃と変わりがないらしい。それも、より悪化している気すらする。それも、良くない方向に。

「……それじゃあ、所有物を休ませるのも、所有者の役目の一つなんじゃあないですかね？」

肩を大きく竦め視線をかわすようにして、皮肉げにそう返す。騎士様が少しばかりふざけているのだ、俺にも多少おふざけを行う猶予くらいは、与えられているだろう。

その様子に、何が楽しいのだろうか、カリアは再度愉快そうに喉を鳴らして、吐息すら当たりそうな距離から、少しずつ顔を離していった。

「馬鹿を言うな。今日は貴様が勝手をやった結果、疲労がたまっただけだろう。私に責任はない。ほれ、外に出る用意をしろ。アンに良い料理を出す店を聞いておいた」

一通り、満足したのだろうか。

カリアはそう言いだすと、軽く唇に波を打たせて、普段通りの笑みを浮かべて言った。その瞳の色や節々の動作が、騎士殿が随分と上機嫌である事を告げてくれる。

反面、俺はといえばラルグド＝アンを心の底から呪っていた。頼むから、寝させてくれ。先ほどまでつい傍にあったはずのベッドが、俺から遠く離れていくのが、分かった。

あとがき

本作の筆者ショーン田中と申します。

まずこの場を借りまして本書を手に取って頂いた皆様、ｗｅｂにて連載していた際日々ご感想を頂いていました読者の皆様、また拙作が書籍化されるにおいてご尽力頂きました皆様に御礼を申し上げたいと思います。本当に、有難うございます。

最近ふとした生活の中で、人間というのは何処かしら二面性というか矛盾らしきものを持つものだなぁと、そう思います。恋しいはずが距離を取ってしまったり。憎らしい相手にも愛想を取り繕ってしまったり。心と体がどうにも上手く噛み合わないわけです。こうして文字にすると、馬鹿げたことをするものだ、心に素直に生きればよいだけなのに！　という方もいるでしょう。

けれど、よくよく考えると人間って皆そのようなものじゃないでしょうか。

ほら、金曜日には土曜日、日曜日にあれをしよう、これをしようと考えているものですが、いざお休みになると家で昼まで寝てしまう。そんな経験、誰しもにあるのではないでしょうか。あれと同じです。

そう思うと人間、ある程度矛盾をもって生きる程度が丁度良いのかもしれません。その方が随分と気楽でしょう。

きっと本書の登場人物だって皆そんなものを抱えています。踏み込もうと思っているのに踏み込めない。言葉にしようとしていないのに、言葉にしてしまう。心と体が矛盾するなんて日常茶飯事でしょう。

皆が皆「さぁやるぞ！」と意気込めば全てが出来るのなら、この世界は超人だらけでしょうって。そうじゃないから、人間なんですよ、多分ね。

だから本書は、そんな何処か矛盾した人間物語なんだと思います。やる事があっても疲れていたら寝たいし、恋をしてしまえば止まらなくなるものですから。

本書のイラストはＴＯブックス様にご紹介いただいたおちゃう様に描いて頂きました。描きあげられた登場人物達はもう私には勿体ないくらいの素晴らしい出来栄えで、本書の世界を美麗に彩ってくださっています。

これだけで私は十分果報者でしょう。もはや望むべくもないというほど。ただ勿論、本書が上手く売れてくれればまた登場人物達に日の目を当ててやれるという淡い思いもあるわけです。

ほら、だって人間って矛盾するものですから。では、どうぞよろしくお願いします。

「――ようこそ我が共犯者」
都市国家ガルーアマリアの奪還を目指すルーギスとフィアラート。
過去の万人が手をだし、誰も成し得なかった偉業を果たす、
驚きの作戦とは？
衛兵団に潜入したカリアもまた、
己の願いの為、
独自に動く。
紋章教と大聖堂の思惑がぶつかる中、
ルーギスはかつての救世主・ヘルトと遂に激突する。
次巻、英雄と肩を並べる、
宿願の福音戦争編!!

――ああ、我が大いなる野望と
魂の尊厳の為、
貴様を殺す。
昏く、熱き焔を宿らせて雪辱を果たす、
一発逆転リプレイ・ファンタジー！
願わくばこの手に
As For Me,
Give Me Happiness,
幸福を
II
今冬
発売予定
!!!!
ショーン田中
ill.おちゃう

願わくばこの手に幸福を

2018年10月1日　第1刷発行

著　者　ショーン田中

発行者　本田武市

発行所　TOブックス
〒150-0045
東京都渋谷区神泉町18-8　松濤ハイツ2F
TEL 03-6452-5766(編集)
0120-933-772(営業フリーダイヤル)
FAX 050-3156-0508
ホームページ　http://www.tobooks.jp
メール　info@tobooks.jp

印刷・製本　中央精版印刷株式会社

ISBN978-4-86472-734-1

Printed in Japan